KB234653

한국 수필의 표정

글 · 김진악

지식더미

나이 스물 하고 몇 살 때였다. 내가 상을 타게 되었다. 무슨 문학상이 아니고 대통령상도 아니었다. 대한출판협회장이 주는 모범장서가상이었다. 상을 받고 반세기 동안, 나는 장서가로서 의무와 책임을 다하였다.

그 임무는 어렵지 않았다. 직장에서 집에 돌아올 때는 일년 열두 달 거의 하루도 거르지 않고, 서점에 들러 책을 집으로 날라 왔다. 새로 장만한 책을 보고 또 보고 어루만지다가 신주神主 모시듯 장에 모셔 놓았다. 책을 읽거나 쓰지는 아니하였다. 그것은 장서가의 품위를 떨어뜨리는 짓이었다.

환갑 나이가 될 즈음, 내 장서는 서울 남산만하게 되었다. 술이 사람을 종으로 부리듯이, 책이 집 주인 노릇을 하기에 이르렀다. 장서가의 체통을 지키다간 큰 재변이 일어날 듯하였다. 책을 나누어서 도서관, 문학관, 박물관에 울며 겨자먹기로 보냈다.

손을 대면 부스러지는 책은 아직도 가지고 있다. 요런 책까지 도서관에 보내면, 젊은 사서는 천양지간天壤之間 진본경인비책珍本驚人秘冊을 당장 쓰레기통에 던져 버린다. 내가 부지하고 있는 여생처럼, 헐고 낡은 책이지만, 라면박스에 넣어 베란다에 쌓아두는 일은 애장서에 대한 예우가 아니었다.

내가 보물단지인 양 껴안고 있는 책 가운데 수필류의 책을 골라서, 여기 조촐한 잔치를 벌이게 되었다. 한국 일세기에 걸쳐 발행한 수필집들과 잡지들을 가지고 한국근대수필축제를 마련해 보았다. 나팔 불고 꽹과리 치는 축제가 아니라, 한국수필의 지상 책축제라 하겠다.

떠들썩한 잔치마당에서도 장유유서長幼有序는 있는 법이다. 물고物故 팔가지상八家之像을 앞에 모셨다. 고인이 된 작가의 고아한 수필집들을 나열하였다. 그 분들이 쓰던 인장도 모였다. 여기저기 남아 있는 수필인의 캐리커처도 찾아서 모아 놓았다. 문인은 모두 수필을 썼다. 수필인의 작품 발표 무대였던 월간지의 수필란 컷을 찾아내 진열하였다. 그리고 70년 동안 탄생한 수필지를 시대순으로 나열해 놓았다. 유명 화가들이 컷을 그리고, 서예 명인들이 수필지의 제자를 썼다. 찬란하고 황홀한 한국수필의 향연이 아닌가?

『한국수필의 표정』이라 하였다. 표정은 겉의 모양새다. 겉볼안이라 한다. 한국의 수필집은 아름답고 예쁜 수필집에 담긴 글도 아름답다. 책그림만 펼쳐 놓으면 재미가 덜할 것 같아서, 작고 문인들의 수필과 고희古稀, 팔질八耋에 계시는 노작가의 글도 몇 편 곁들였다. 대개 쉽고 부드러운 글을 골랐다. 나는 수필이론 무용론자이지만, 어설픈 수필론과 감상문도 써 보았다. 유사이론類似理論이든, 작품이든, 독후감이든, 온통 하나의 읽을거리로 보아 주었으면 한다.

'수필은 붓 가는 대로 씌어지는 글이다.' 만고의 진리다. 이 책은 저자의 마음 가는 대로 만든 책이다. 타계하신 문인들을 다 모시지 못하였다. 극히 한정된 수필집만을 선보였다. 수필잡지도 다 진열할 수가 없었다. 예시한 수필작품 또한 23편에 불과하였다. 결례가 이만저만이 아니다. 죄송한 마음이 크다.

한국의 수필문단은 유사 이래 황금기를 누리고 있다. 수필문예지가 우후죽순처럼 나오고, 수필집이 책방을 차지하고 있고, 수필작가의 수가 천을 헤아리게 되었다. 그 많은 수필인들에게 이 책이 즐거움을 줄 수 있다면 다행이라 하겠다.

동서고금에 이런 책은 매우 드물다. 세상에 보지도 듣지도 못한 책을 만들지 말라는 법은 없다. 그러나 희한한 책이 반드시 양서는 아니다. 이 책은 흠이 많으나, 그 흠이 장점이 되기도 한다. 흠이 있어야 읽는이들이 할 말이 많다. 매우 재미있는 일이다.

이 책을 내는 데 장현규 주간님과 윤상미 님의 노고가 컸다. 장 주간님의 책사랑이 커서 이 작은 책이 만들어졌다. 이번에도 박원규 서백이 글씨를 써 주었다. 두루 감사를 드린다. 여생에 그 많은 은혜를 다 갚지 못할 것이다.

2007년 여름 보산청거寶山淸居에서   김진악 

博文 文論
隨筆家
隨筆文藝
隨筆文學
筆
수필시대
계간 에세이문학
THE LITERARY ESSAY
선수필
수필과비평
에세이21
에세이 플러스
Essay Plus
隨筆 如泉初
韓國隨筆
에세이스트
隨筆
現代隨筆
수필문학
Monthly, The Essay-Literature
연대수필
創作隨筆
ESSAY
月刊에세이
수필춘추

목차

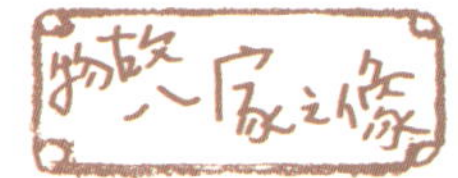 물고 팔가지상

김진섭
(그림 김성환, 『문장가』 1964년 7월호 소재)

김용준
(자화상, 『근원수필』 소재)

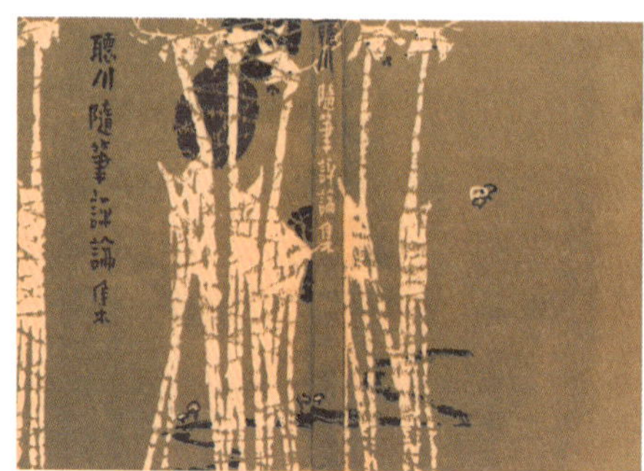

김진섭 『청천수필평론집』(1958)

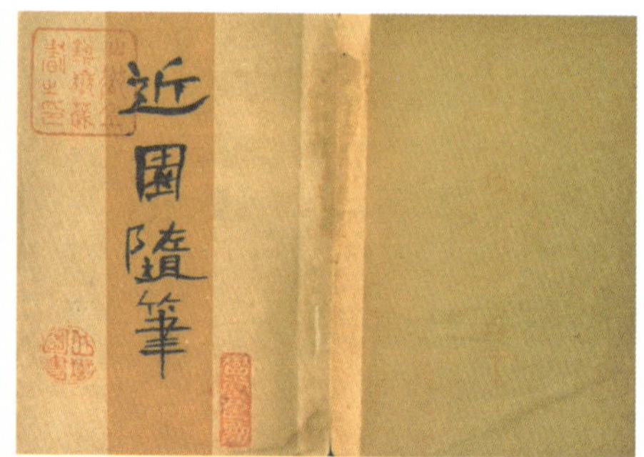

김용준 『근원수필』(1947) 속 표지

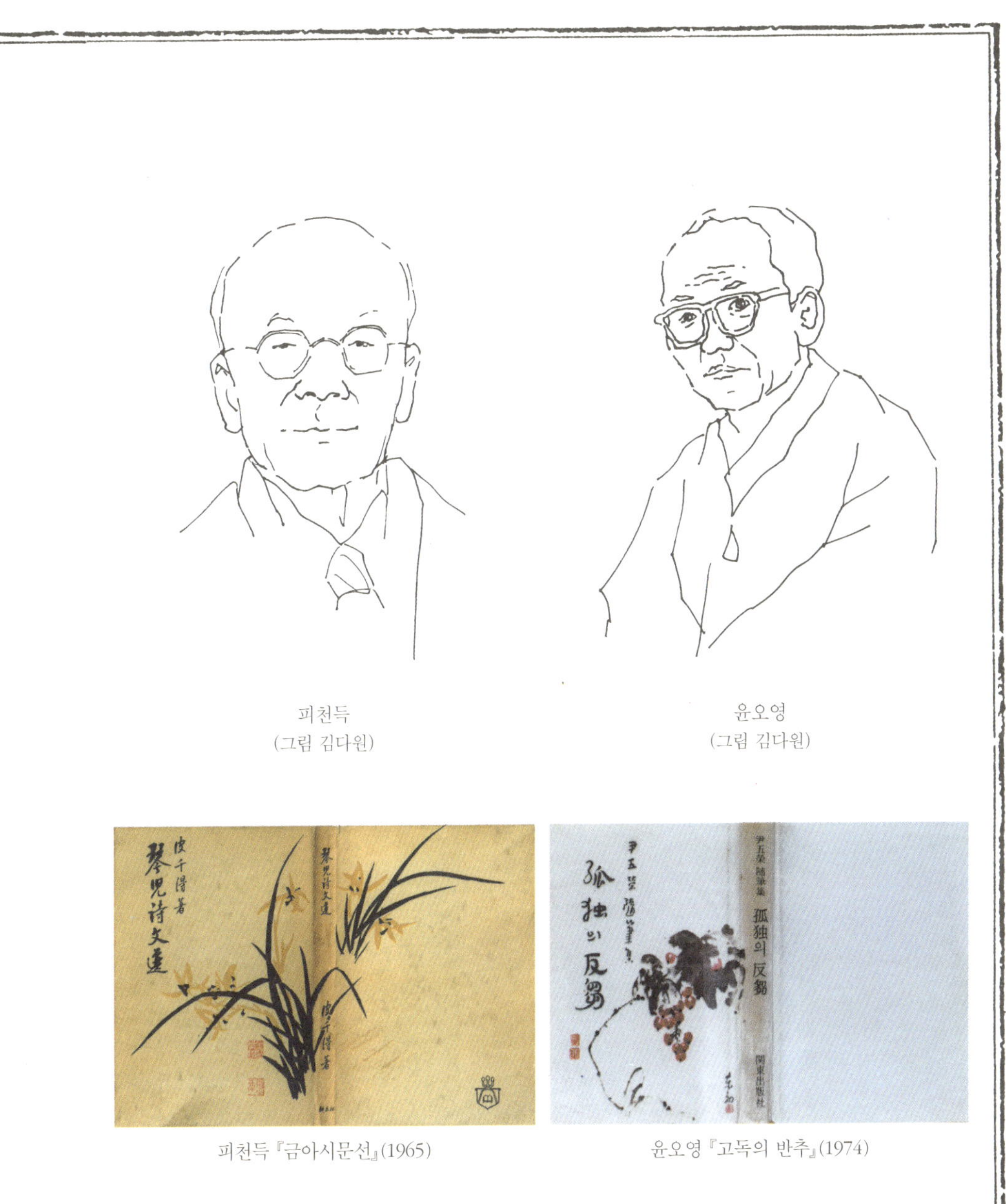

피천득
(그림 김다원)

윤오영
(그림 김다원)

피천득 『금아시문선』(1965)

윤오영 『고독의 반추』(1974)

조경희
(그림 이제하, 『수필』 1966년 8월 창간호 소재)

마해송
(그림 김성환, 『문화세계』 1955년 1월호 소재)

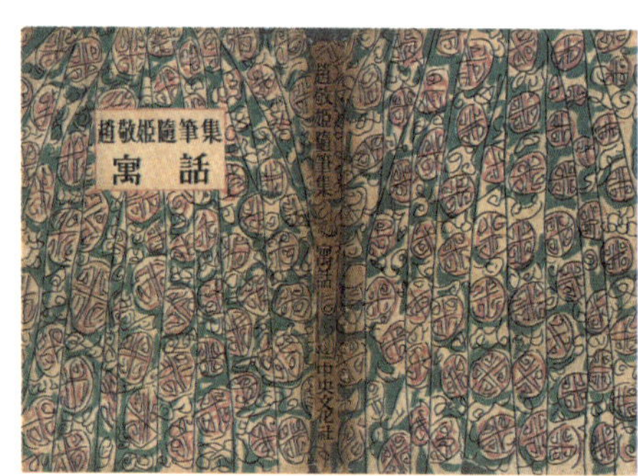

조경희 『우화』(1955)

마해송 『속 편편상』(1949)

이양하
(그림 김다원)

김소운
(그림 백영수, 김소운 저 『토분수필』 커버 뒷면 소재)

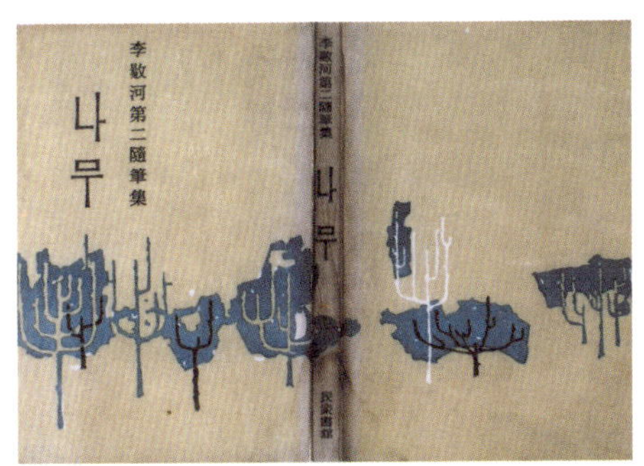

이양하 『나무』(1964)

김소운 『마이동풍첩』(1952)

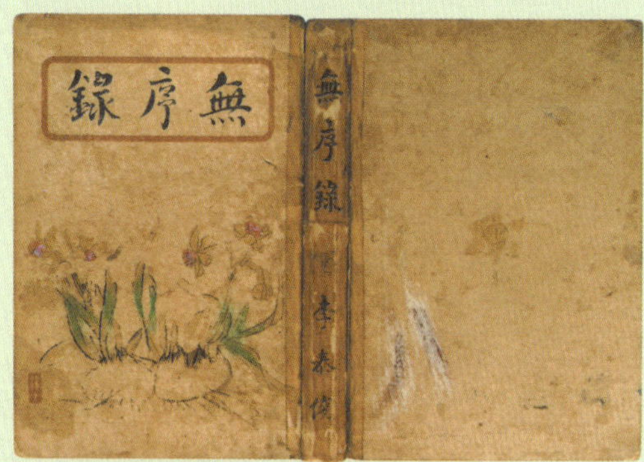

이태준 『무서록』(1941)

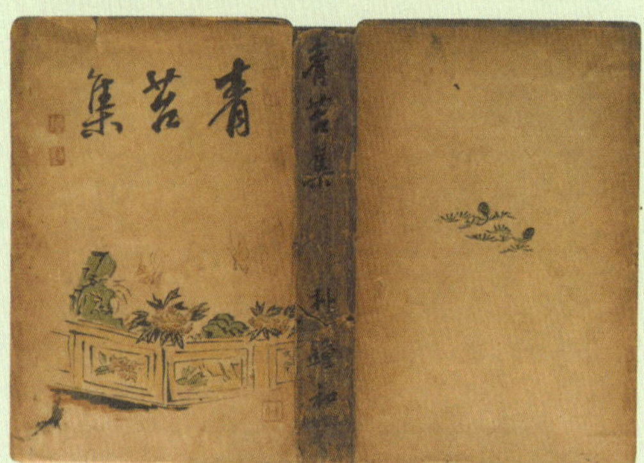

박종화 『청태집』(1942)

이은상 『노산문선』(1947)

기행(紀行)

최남선 『심춘순례』(1926)

오백년 조선왕조의 흥망이 서산 마루에 걸려 있었다. 한 소년이 나타났다. 나이 열다섯에 황실 유학생 소년반장에 뽑혀, 일본에 건너가 두어 달 중학생 노릇을 하고 귀국하였다. 이태 후 다시 와세다대학에서 수학하였으나 이내 유학생활을 그만 두었다. 세상이 알아주는 명문 사학의 강단講壇이 동양 천재의 눈에는 시시콜콜한 데다가, 대한제국을 모독하는 대학총장과 벌인 대판 싸움이 까닭이었다. 이 소년이 장차 이 나라를 계몽하는 횃불을 든 육당六堂 최남선崔南善 (1890~1957)이다.

육당은 빈 손으로 현해탄을 건너 오지 않았다. 인쇄기와 몇 알의 활자를 메고 입성하였다. 자기 집 대문에 '신문관新文館'이란 간판을 달아 놓고, 1908년 11월, 한국 최초의 월간지『소년少年』을 낸다. 스무 살도 안 된 소년이 조선 소년의 읽을거리『소년』을 혼자서 만들었다. 캄캄한 이 땅에, 보도 듣도 못한 잡지를 소년이 달마다 내다니, 실로 놀라운 일이었다.

월간『소년』제1호
(1908)

책의 겉장도 놀라웠다. 표지 좌우에 네모칸을 만들어 놓고, 그 자리에서 육당은 독자들에게 일장 훈시를 하였다. '나는 재주와 학문이 없도다. 그러나 성의로 이 잡지를 만들었으니, 제군들은 이를 애지중지 애독할 것은 없으되, 다만 성의로써 대하라.' 명령조다. 요새 이런 호령을 했다간 그 날로 잡지사는 문을 닫아야 할 것이다. 나중에 춘원春園 이광수李光洙와 벽초碧初 홍명희洪命熹가 거들지만, 애초에는 잡지의 모든 글을 육당 혼자 다 썼다. 이 또한 놀랍다.

『소년』창간호 앞머리에, 저 유명한 신체시「海에게서 少年에게」가 실려 있다. 바다의 입을 빌어 육당은 소년에게 할 말이 많았다. 나라를 거덜내는 '저 세상 저 사람 모다 미우나', 진시황도 나팔륜도 이겨먹는 바다의 힘을 소년에게 주기 위하여 '입 맞춰 주마'고 하였다. 조선 소년이 오대양 육대륙으로 뻗어나가야 한다고 외치고 북돋아 주었다. 이 잡지에 열 차례도 넘게 매월「해상대전사海上大戰史」를 연재한 기사를 보면, 육당의 해외 진출 장려 의지가 대단했던 모양이다.

그런데, 조국의 운명이 기울 무렵, 『소년』지는 별안간「태백산시집太白山詩集」을 특집으로 꾸몄다. 육당이 찬양한 바다의 배가 산으로 오르는 대전환이었다. 태백산은 단군이 나라를 세운 성산이다. 우리 산을 기리는 노래는 곧 국토애요 조국애요 국가의 독립을 고취하는 일이었다.

육당이 노래하던 조선의 바다마저 일제의 손아귀에 들어가는데, 한가히 '철썩 철썩' 하고 앉아 있을 때가 아니었다. 육당은 이 때부터 몸소 팔도강산을 오르내리며 이 국토의 아름다움과 성스러움과 무궁함을 일깨우게 되었다. 이것이 압록강처럼, 한강처럼, 낙동강처럼 흐르는 육당의 국토기행 대문장이 되었다.

한국의 근대수필은 기행수필로부터 비롯하였다고 볼 수 있다. 여기에 육당이 앞장섰다. 국파산하재國破山河在의 조국강산을 찾아 쓴 기행문은 국토예찬이며, 나라의 얼을 일깨우는 부르짖음이었다. 대문장가 육

최남선『백두산근참기』
(1927)

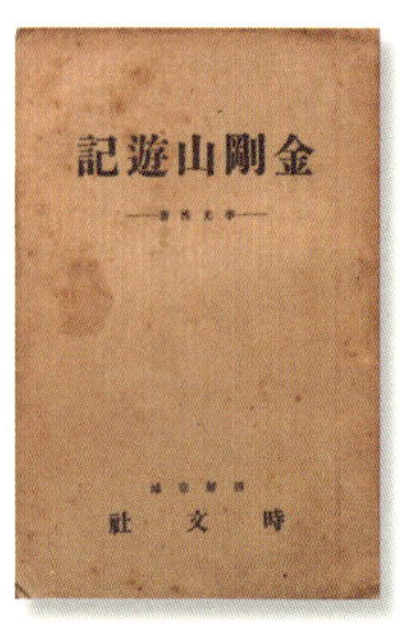

이광수 『금강산유기』
(1924)

정비석 『산정무한』
(1963)

당은 한국 명산 승지를 모두 섭렵하고, 기행문집 『심춘순례尋春巡禮』(1926)를 출간하고, 이어서 『백두산근참기白頭山覲參記』(1927), 『금강예찬金剛禮讚』(1928)을 발표하였다. 뜻있는 문사라면 국토를 답파하고 기행문을 쓰는 일은 당시의 한 흐름이었다. 춘원도 이에 질세라, 「단군능檀君陵」을 쓰고 육당보다 앞서 기행문집 『금강산유기金剛山遊記』(1924)와 『반도산하半島山河』(1941)를 간행하였다. 육당과 춘원은 근대기행수필의 선구자라 할 만하다.

1930년대에 들어 한국문단은 촌티를 벗게 되는데, 시나 소설과 더불어 기행수필작품도 왕성하게 창작되었다. 이병기의 「낙화암」, 박종화의 「남한산성」, 이은상의 「신라의 고허古墟」 등의 가작이 모두 이때 나타난 작품이고, 현진건의 「석굴암」은 오랫동안 국어교과서에 실려 학생들에게 감명을 주었다.

이처럼, 한 시대를 풍미한 기행수필은 정비석鄭飛石의 「산정무한山情無限」(1963)에서 정점을 이루었다. 세계 명산 금강산을 묘사하고 산정山情을 표출하기 위하여, 그는 금강산과 같은 화려하고 우아한 문체와 필력을 마음껏 구사하였다. 풍악산을 기리고 느끼고 찬탄한 여정旅程은 겸재謙齋 정선鄭敾의 금강산 그림을 펼쳐 놓은 듯하였다. 한국의 기행문의 전통은 현란하다. 송강松江 정철鄭澈의 걸작 「관동별곡」과 연암燕巖 박지원朴趾源의 명문장 「열하일기」에 뿌리를 두고 있다. 광복 전에 발표된 훌륭한 기행수필들은 기행문집 『삼천리강산』(1946)에 실려 있다.

'잘 살아보세' 하고 아침 저녁 노래하다가 정말 살 만한 세상이 되었다. 세계 10등 국가가 될 만큼 너무 잘 살게 되었다. 주말이면 등산객이 삼천리 강토를 누빈다. 공항마다 외국에 나들이하는 관광객이 북새통을 이루고 있다. 몸만 해외에 가는지, 정신도 다녀오는지 모를 일이다. 김찬삼金燦三의 『세계일주무전여행기』가 날개돋친 책이 되기도 했지만, 정작 문학사에 남을 만한 기행수필이 있는가 되새겨 볼 일이다.

여기 보인 네 편의 기행문은 근대기행수필의 흐름을 엿보고 감상할 만한 의의를 지닌 작품이다. 먼저 육당의 『심춘순례』의 머리말인 '서序'를 보인다. 그의 대문장 '3·1독립선언서'의 기백이 넘친다.

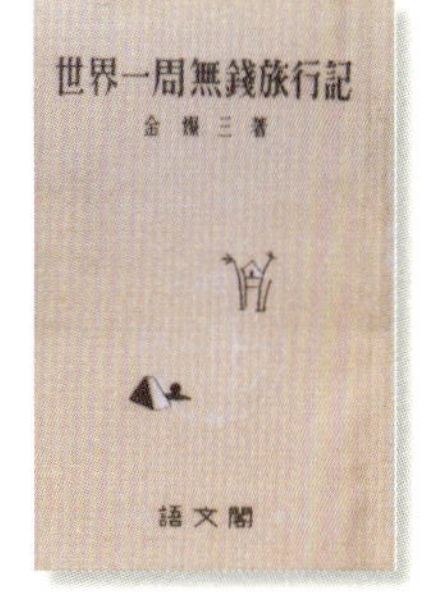

김찬삼
『세계일주무전여행기』
(1962)

조선의 국토는 그대로 조선의 역사이며 철학이며 시이며 정신입니다. 문학 아닌 채 가장 명료하고 정확하고 또 재미있는 기록입니다. 조선인 마음의 그림자와 생활의 자취는 고스란히 똑똑히 이 국토의 위에 박혀서 어떠한 풍우風雨라도 마멸시키지 못하였다는 것을 나는 믿습니다.

나는 조선 역사의 작은 한 학도요, 조선 정신의 어설픈 한 탐구자로서, 진실로 남다른 애모愛慕와 탄미嘆美와 함께 무한한 궁금스러움을 이 산하 대지에 가지는 것입니다. 자갯돌 하나와 마른 나무 한 밑동도 말할 수 없는 감각과 흥미와 또 연상을 자아냅니다. 이것을 조금씩 색독色讀이나마 하게 된 뒤로부터 조선이 위대한 시의 나라, 철학의 나라임을 알게 되고, 또 완전 상세한 실물적 오랜 역사의 소유자임을 깨닫고, 그리하여 쳐다볼수록

이광수·한용운 외
『반도산하』(1941)

거룩한 조선정신의 불기둥에 약한 시막視漠이 퍽 아득해졌습니다.

곰팡내나는 서적만이 이미 내 지견知見의 웅덩이가 아니며, 한 조각 책상만이 내 마음의 밭일 수는 없게 되었습니다. 도리어 서적과 책상에서 불구가 된 내 소견을 진여眞如한 상태로 있는 활문자活文字, 대궤안大机案에서 교정矯正받고 보양補養을 얻지 않을 수 없다는 것을 통절히 느꼈습니다.

묵은 심신을 시원히 벗어던지고, 자유로운 공기를 국토 여래國土如來의 상적토常寂土에 호흡하리라 하는 열망은, 이리하여 시시각각으로 나의 가슴을 태웠습니다.

힘 자라는 대로, 시간이 허락하는 대로 국토 예찬을 근수勤修하기는, 나로서는 진실로 숭고한 종교적 충동에 끌린 바로서, 부득불연不得不然한 일입니다. 무엇보다도 큰 재미와 힘을 여기서 얻었고, 얻고 얻을 것이니, 생활의 긴장미로만 해도 나의 이 수행은 오래도록 계속되리라고 생각됩니다.

조선 국토에 대한 나의 신앙은 일종의 애니미즘일지도 모릅니다. 이르는 곳마다 꿀 같은 속삭임과 은근한 이야기와 느꺼운 하소연을 듣습니다. 그럴 때마다 나의 심장은 최고조의 출렁거림을 일으키고 실신할 지경까지 들어가기도 한두 번이 아니었습니다. 그런 때의 나는 분명한 일 예지자―叡知者의 몸이요, 일대 시인―大詩人의 마음을 가졌지만, 입으로 그대로 옮기지 못하고 운율 있는 문자로 그대로 재현치 못할 때, 나는 의연한 일 범부―凡夫며, 일 박눌한―樸訥漢이었습니다. 그러나 나는 이것을 섭섭히 생각지 않습니다. 왜 그러냐 하면, 나의 작은 재주는 저 큰 운의韻意를 뒤술러놓기에는 너무도 현격스러운 것이니까, 애닲고 서운해할 염치가 없는 까닭입니다.

그러나 혹은 유적, 혹은 전설에 내일을 기다리기도 어려운 것도 있고, 혹은 자연의 신광神光, 혹은 역사의 밀의密意에 나도 모르는 체할 수가 없어서 변변치 않은 대로, 간 곳마다 견문 고검見聞考檢의 일반一班을 기록하지 않을 수 없었습니다. 이는 진실로 문장으로 보거나 논고로 볼 것도 아니요, 또 천년의 숨은 자취를 헤쳤거나 만인의 심금을 울릴 무엇이 있다는 것도 아니지마는, 그런대로 조선 국토에 대한 뜨거운 마음이 넘쳐나온 것이니, 내게는 휴지로 버리기 어려운 점도 없지 아니합니다. 이러므로 다만 한 가지 또 어슴푸레하게라도 조선 정신의 숨었던 일면이 나타난다면, 물론 분외分外의 다행입니다. 그렇지 못할지라도, 오랜 동안 물려 내려오는 우리 청전구물靑氈舊物에 대하여 나의 애처롭고 안타까운 정리情理를 담은 것이 혹시나 강호江湖의 동정을 산다면, 이 또한 큰 소득입니다. 아무튼 조선 국토의 큰 정신을 노래해내는 이의 어릿광대로 작은 끄적거림을 차차 책으로 모아 갈까 합니다.

이제 첫 권으로 내는 이 『심춘순례』는, 작년 3월 하순부터 수미首尾 50여 일간 지리산을 중심으로 한 순례기巡禮記의 전반을 이루는 것이니, 마한 내지 백제인의 정신적 지주였던 신악神岳의 여훈餘薰을 더듬은 것이요, 장차 해변을 끼고 내려가는 부분을 합하여 서한西韓의 기록을 완성하는 것입니다.

진인震人의 고신앙古信仰은 천天의 표상表象이라 하여 산악으로써 그 대상을 삼았으며, 그들의 영장靈場은 뒤에 대개 불교에 전승되니, 이 글이 산악 예찬山岳禮讚, 불도량 역참佛道場歷參의 관觀을 주는 것은 이 까닭입니다.

적을 것도 많고 적을 방법도 있겠지만, 매일 적지 않은 산정山程을 발섭跋涉하고 가쁜 몸이 침침한 촛불과 대하여 적는 데는 이것도 큰 노력이었습니다. 선재選材와 행문行文이 다 추소醜素를 극極함은 부재不在 이외에도 까닭이 없지 아니합니다. 그러나 고치자니 새로 짓는 편이 도리어 손쉽고, 새로 짓자니 그만 여가가 없으므로, 숙소에서 주필走筆하여 날마다 신문사로 우송하였던 원고를 그대로 배열하게 되었습니다. 후안厚顔의 꾸지람은 얼마든지 받겠습니다.

행중行中에 여러 가지 편의便宜를 주신 연로沿路의 여러 대방가大方家, 특히 각 산各山의 법승法僧들에게 이 기회에 심대甚大한 사의謝意를 드립니다. 또 이 남순 소편南巡小編에 다소라도 보람있는 구절이 있다면, 이는 도무지 시종일관始終一貫하게 구책 유액驅策誘掖의 노勞를 취해주신 노석전老石顚 선지식善智識의 현교賢教와 암시暗示에서 나온 것임을 아울러 표백表白해둡니다.

『심춘순례』의 서문은 육당의 산문정신이 집약된 문장이다. 봄날, 지리산 언저리를 찾아 순례한 기록이다. 순례란 신자가 성지를 찾아가는 고행길이다. 그에게 조선은 신앙의 대상이고 국토는 순례의 성지다. 이 땅은 '거룩한 조선정신의 불기둥'이 돼야 한다고 외치고, 흙을 밟을 때마다 '실신할 지경'이라고 절규하였다. 이 땅은 '어떠한 풍우라도 마멸시키지 못한다'고 믿고 다짐하였다.

이 글은 팔도강산 유람할 제투의 흥에 넘치는 노랫가락이 아니라 국가상실의 시대, 우국충정의 절조를 표출한 문장이다. 용암이 분출하는 듯, 도도한 대하가 흐르는 듯한 문세文勢는 그 내용과 조화를 이루고 있다. 아직 한자의 숲 속에서, 이만한 언문일치의 어법을 구사하여, 붓을 마음껏 휘두른 육당의 기행문은 한국근대수필문학의 큰 산맥을 형성하였다고 하겠다.

육당의 글은 지리산 자락이 뻗쳐 있는 산과 들을 그렸다면 다음에 보이는 가람嘉藍 이병기李秉岐(1891~1968)의 「낙화암洛花巖」은 옛 백제인의 한이 서려있는 낭떠러지 바위를 그리고 있다. 가람이 산문을 쓰고 있을 때, 수필문단에는 수필전문지 『박문博文』(1938)이 있었고, 수필란을 무게 있게 대접한 월간지 『문장文章』(1939)이 나올 때였다.

최영주 『박문』 제6집 (1962)

백제 왕릉百濟王陵을 보고 얼마쯤 가면 신작로新作路가 나선다. 이 신작로는 공주公州서 부여扶餘로 오는 길이다. 이 길로 들어가노라면 조그마한 산 하나가 가로 놓여 있고, 그 산 밑으로는 초가草家, 혹은 기와집들이 연해 있고, 집과 집 사이나 그 부근에는 나무들이 수두룩히 서 있어, 바야흐로 우거진 녹음이 새롭게도 보인다. 여기를 처음 오는 사람도 '저기가 부여 읍내邑內다' 하는 생각을 얼른 나게 하였다.

사람을 처음 볼 때에는 첫눈에 드는 얼굴이 있다. 첫눈에 드는 얼굴은 그 눈이나 코나 입이나 귀를 다 똑똑히 본 것이 아니고, 눈도 코도 입도 귀도 아닌 그러한 얼굴이다. 이와 같이 나의 첫눈에 드는 부여는 저 산도 아니고, 집도 아니고, 나무도 아니고, 다만 그러한 부여만이다. 그리하여 나는 부여를 처음 볼 때부터 사랑하였다.

부여에 드는 길로 평제탑平濟塔도 보고 고적 진열관古蹟陳列館도 보고는, 그 뒤 부소산扶蘇山으로 오른다. 부소산은 멀리서 바라보기엔 조그마한 단조한 산인 듯하더니, 이제 올라와 보니 퍽으나 복잡하고 으늑한 산이다. 더구나 소나무와 잡목들이 빽빽하게 길어 있어, 보면 보일 만한 곳이라도 어디가 어떻게 된 지를 사뭇 모르겠다. 산새들은 예서 제서 운다. 산채를 캐는 아낙네의 소곤대는 소리도 난다. 나는 이 숲속으로 어슬렁어슬렁 걸어가며, 부소산의 한적하고 유아幽雅한 맛을 아니 느낄 수 없다.

반월성지半月城址를 지나고 보면 길이 두 갈래로 났으니, 하나는 영월대迎月臺, 하나는 송월대送月臺로 가는 길이다. 나는 먼저 영월대로 하여 유인석비劉仁錫碑며, 창고적倉庫跡을 보고, 다시 가던 길로 도로 와 송월대에 이르러 사자루에 올랐다.

송월대는 부소산 제일 높은 곳이다. 제일 전망 좋은 전망대다. 이곳에 서서 사면의 원근경을 다 바라볼 수 있다. 파란 비단폭을 굽이굽이 펼쳐 두룬 듯한 백마장강白馬長江이며, 천 송이 만 송이 꽃밭 속 같은 주위에 있는 여러 산과 산들은 오로지 부소산 하나만을 위하여 생긴 듯하였다. 그러나 경주慶州와 같이 주위에 있는 장산壯山들에게 조금도 위압을 받는 이도 없고, 한양漢陽과 같이 에워싼 산협山峽도 아니고, 평양平壤과 같이 헤벌어진 데

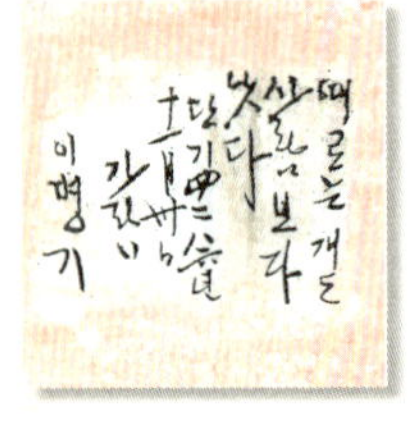

가람 친필
『가람문선』 소재

도 없이 아주 구격具格이 맞게 되었다. 그리고 구석구석이 묘하게 아름답게 스리 되었다.

부여를 찾아오는 이는 부여의 고적古蹟만 보아서는 아니 되었다. 그저 고적은 그만두고라도 부여의 유다른 천연天然한 승상勝狀을 보아야 하였다. 산도 좋고 물도 좋고, 산과 들이 아울러 좋게 된 이 부여야말로 다른 곳에서는 쉽사리 얻어볼 수 없는 곳이다. 옛날 전하는 '강산여차호江山如此好 하죄 의자왕何罪義慈王' (주: 강산이 이렇듯 좋은데 의자왕이 무슨 죄가 있는가!) 이란 시구詩句도 그럴 듯하지 않은가? 북으로 천정대天政臺, 서으로 대재각大哉閣, 백온대白溫臺, 수북정水北亭, 구룡포九龍浦, 남으로 금성산錦城山, 대왕포大王浦, 동으로 청도성靑島城을 바라보며, 훌륭하던 백제의 영화榮華도 저러하거니 하고 한번 웃을 뿐이다.

송월대를 버리고 다시 서으로 이 산 일맥을 타고 내려오다 보니, 길은 뚝 끊어지고 수십 길 되는 절벽이 있고, 절벽 밑에는 시퍼런 강이 흐른다. 이 절벽이 낙화암洛花巖이다.

낙화암은 옛날 나당羅唐의 연합군이 백제의 궁성을 함락할 때, 비빈妃嬪, 궁녀宮女들이 버선발로 뛰어나와 여기서 몸을 던져 죽었다는 곳이다. 이 바위에 나는 홀로 서 있다. 가만히 눈을 감고 그때의 광경이나 다시 그려보자 ── 꽃 같은 미인들은 수없이 떨어진다. 자개잠 금비녀는 내려지고, 머리채는 흐트러지고, 치마자락은 소스라치며 펄렁거린다. 그리고 옥패玉佩는 마주쳐 땡그랑거리고 풍덩실 풍덩실 물소리는 난다. 만일 그때 의자왕義慈王 융隆도 이리 몰려와 이 광경을 보았더라면 어찌나 되었을까? 그 어느

치맛자락을 잡고 같이 몸을 던져 죽어버렸을지도 모를 것이다. 과연 그랬더라면, 김유신金庾信, 소정방蘇定方 앞에서 행주行酒의 치욕도 아니 받았을 것이다. 더욱이 의자왕의 일이 가엾게 생각되었다. 차라리 몸을 백마강에 던져 어복리魚腹裏에 장葬할망정, 저 국수國讐에게는 더럽히지 않겠다는 백제의 꽃은 영원히 이 인간에 살아 있을 것이다. 나는 이 백제의 꽃을 보고 울기도 하고 웃기도 하였다. 그리하여 나의 사랑하는 부여에서도 가장 이 낙화암을 사랑하였다.

지금에 백마강은 고요히 흐른다. 이따금 고기들이 뛰노는 소리만 텀부덩 난다. 한편 언덕에는 빈배가 매여 있고, 그 옆에는 한 늙은이가 낚싯대를 들고 앉아 있다. 그리고 두어 채 범선帆船은 느릿느릿 부산浮山 모퉁이를 지나간다.

나는 이윽고 서 있다가 갑자기 생각나는 홍춘경洪春卿의 '국파산하이차시國破山河異昔時 독류강월기영휴獨留江月幾盈虧 낙화암반화유재落花巖畔花猶在 풍우당년부진취風雨當年不盡吹' (주: 나라 잃어 산하가 예와 다른데, 다만 강에 비친 달이 몇 번이나 차고 이지러졌던가. 낙화암 가에 꽃은 여전한데, 비바람은 예다이 끊이지 않네) 라는 시구를 외워 읊으며, 벼랑길로 들어 요리조리 내려가 고란사皐蘭寺를 찾았다.

고란사는 산 한쪽을 일부러 헐어내고 집을 지어논 것같이 보인다. 뒤는 절벽, 앞에는 청류淸流다. 수백 년 묵은 담쟁이덩굴은 용틀임을 하여 절벽으로 오르고, 절벽에는 틈틈이 고란皐蘭이 파랗게 나고, 그 밑에서는 맑은 샘이 흐른다.

이병기 『가람시조집』
(1939)

나는 이 샘물이나 마시고 이 절에 있어 한여름을 났으면 좋겠다. 좌우에 녹음 속에서 굴러오는 새 소리, 벌레 소리도 듣고, 앞 강을 스쳐오는 바람도 맞고, 심심하면 조룡대釣龍臺, 낙화암洛花巖도 올라보고, 신팔경新八景, 구팔경舊八景도 낱낱이 찾아보고, 달밤에는 배를 잡아타고 백마강으로 오르락내리락 하기도 하였으면 좋겠다.

아아, 좋은 곳이다.

가람의 「낙화암」은 그의 부여기행문의 한 장이다. 육당의 비분강개가 사라지고 한문투의 어려운 단어도 거의 보이지 않는다. 육당 문장은 한문맥에 뿌리를 두고 있고, 가람 문장은 국문맥에 뿌리를 내리고 있다. 육당의 글에서는 자장면 냄새가 나고 가람의 글에서는 된장 냄새가 난다. 가람이 나타나서, 우리 글이 한결 고아해지고 세련되었다.

영원히 망한 백제의 한은 나라를 빼앗긴 조선의 한이다. 가람은 총독부에서 눈을 부라리고 있는 검열관을 한시무식쟁으로 안다. 한시구를 빗대어 '낙화암에는 아직도 삼천 꽃잎이 떨어지고 있고, 의자왕이 무슨 잘못을 저질렀는가?' 묻고 있다. 하고 싶은 말을 다하기보다 말을 참는 일이 더 견디기 어렵다. 부여의 산수를 찬양할 뿐, 뼈 있는 말을 할 수 없는 세상이 되었다.

가람은 난초를 벗하여 난처럼 살면서 난을 그린 시조를 짓고 난을 두고 쓴 산문도 많이 남겼다. 그는 전통적인 한국 문장체를 이룩한 문장

이병기 『가람문선』
(1966)

가로서, 그의 우아하고 유려한 문체는 이 기행수필에도 잘 나타나 있다. 천년 전 비극을 과거시제가 아니라 현재시제로 다룬 착안이 놀랍다. 실어증에 있으면서 쓴 『가람문선』의 '서문'은 한국산문의 명문으로 꼽는다. 이 글은 신석정辛石汀 시백이 곁에서 거들어 주었다.

삼천리 금수강산이라고 자화자찬하지만, 알고 보면 발 닿는 곳마다 오랑캐와 섬나라 도둑이 어지러 놓은 상처뿐이다. 그렇다고 기행문마다 '국파산하재'라고 탄식을 늘어 놓기만 해서는 안 된다. 백릉白菱 채만식蔡萬植(1902~1950)의 「남행기南行記」는 사람 냄새가 나는 장삼이사張三李四의 여행기이다.

방민호 편 『모던수필』
(2003)

정읍역을 지나서야 날은 차창 밖에서. 부윷이 샌다.

차는 이윽고, 옛날엔 열아홉 살 먹은 과수寡嫂가 스물한 살 먹은 딸을 데리고 기러기로 더불어 울며 넘었다는 장성 갈재를 마침, 낙향하는 여급女給과 귀성하는 의학생醫學生의 도란도란 재미있는 한담을 싣고, 씨근거리면서 기어 올라 간다.

올라 가다가 필경 지쳐서는, 굴을 뚫고 나가고……

노령盧嶺 턴넬을 빠져 나오니 남북의 분수령이라, 가느다란 실개천이 선로를 따라 흘러 내린다.

한강이 꽝꽝 얼어붙은 것을 보았는데, 동지冬至에 영嶺 위의 개천물이 그대루 흐르고 있고, 역시 남방풍물인가 했다.

신기해 하느라니까, 옆에 와 앉았던 상인태商人態의 텁수룩한 나그네가,

"요새, 날이 푹허기두 허지만……."

하면서, 뻐억뻑 골통대를 빠는 사이사이, 설명이 구수우하다.

"목포는 짐장이 한참이고, 아그아이들이 맨발로 학교를 댕기지라우……. 제주는 또 가시면 겨우내에 배추가 밭에서 새애파랗고……."

보드라우면서도 다뿍 늘어진 발음, 워너니 차안은 어느덧 호남 사투리가 판을 짢는다.

지나간 가을, 추수가 시언치 않았던 들판의 논에는 군데군데 논보리만 벌써 두세 치나 자라, 아직도 먼 사월의 양식을 약속하며 있다.

보리에 걸음을 주든 새벽 농군이 손을 멈추고 우둑허니 차를 바라다 보고 섰다. 무얼 생각 하는 것일꼬?

들판 건너로, 아침 안개가 자욱히 마을을 싼, 신흥新興 뒷곁의 방장산方丈山이 높고 큰 덩치가 솟아 오르는 조양朝陽을 가득 받아 단풍철인 듯 누리붉게 불타 오른다.

사가리역 구내엔 산뎀이 같은 장작 눌이 몇 개고 쌓여 있는 게, 보기만 해도 푸짐하다.

저놈을 말끔 한꺼번에 불을 땠으면 꽤 뜨뜻하렸다 싶었다. 아방궁이 불탈 때처럼, 상제도 무둔왈撫臀曰 열熱타 하실 테고.（주: 옥황상제도 볼기를 만지며 뜨겁다 하실테고）

장작은 어떤 상인들이 큰 이문을 보려고 드뿍 매점을 해 둔 것인데, 그통

에 경성京城 방면의 장작시세가 탁없이 더 올랐고, 한 것을 얼시구나 좋다고, 마침내 수송을 하자니까는 지사知事 영감이 영을 내려 덜컥 금지를 시켰더라고.

화재 난 데 도적질이란 속담도 있지만 원체 너무들 하더라니, 거저 잘꾸사니야, 지.

송정리에서 광주로 갈아 타느라고 차를 내리는데, 밤새껏 동행을 한, 열例의 저편 쪽 양장洋裝 여급군女給君이 자꾸만 내 두상에 주목을 하였다.

송도에서 광주까지 천리길을 무모無帽로 가는 줄은 모르고서, 저 나그네가 모자를 잊고 내리거니 하여, 보기에 딱했던 모양이다.

여자 되어 그만침 꼼꼼하니, 팔짜가 저렇지 않고 진작 누구네 집 며누리나 되었더라면, 엔간한 시어머니한테는 눈치밥은 안 먹었을 껄 싶어 애석했다.

광주에서.

조趙·조曺 두 벗의 권을 사양타 못해, 술은 먹지도 못하는 주석엘 나아 갔더니, 요정은 여기도 잔치집같이 풍성거린다.

서울서는 웬만한 풍류객이 웬만침 벼루고 모은 자리가 아니고서는 위지왈謂之曰 '벙어리'와 '파아마넨트'를 초화草花로 구경하거나, 그 알량한 유행가 토막을 얻어 듣기가 고작인데, 역시 제바닥이라 그렇기도 하겠지만, 각씨들이 맵씨는 촌스러도 개개일짜로 뽑는 남방노래가 멋드러저, 모처럼 하룻밤이 질거웠다.

‘수비대구두’라는 별명에 꼭 맞두룩, 덜퍽 커 가지고는 털털하게 생긴 각씨가 들어오더니, 뒤미처서는 그 십분지일도 못되는 애기가 들어와서 괴상한 콤비를 이뤄 놓는다.

애기가 하두 적길래 물어 보았더니 열여섯 살이라고, 그런데 고놈이 노래로는 좌중을 압두를 하였다.

그러나 잘하는 그 노래에 흥이 나기보다는 액색해서 볼 수가 없다. 그래서 이튿날 밤에는 애저찜을 먹다가 문득 그 애기각씨가 더불어 생각이 나서 저깔을 놓았었고.

뒤미처 신(申)이 참석을 했고 조(曹)와 둘이서 북을 들여다 놓고 번갈아 장단을 쳤다.

조(曹)는 북으로 명인 급에 드는 활량이요, 신(申)은 거저 ‘아마추어’라는데, 내 눈으로야 잘 치고 못 치는 것을 분간할 길이 없지만, 한갖 그 둘이가 다 같이 북채를 들고 앉아 일종—種 기이한 관觀이 있을 만침 도취상태에 빠지군 했다.

노래가 차차루 진행함을 따라, 더욱이 멋들어지게 목이 넘어 갈 때면 팔을 높이 들었다 내렸다, 고개를 꾸뻑거리는 것이며,

“좋오타!”

추는 소리며, 모든 ‘제스추어’가 평상시의 그들의 몸짓과는 딴 사람인 듯 훨씬 억양이 크고, 그러하되 전혀 의식적으로가 아니라, 썩 자연스러운 품

이 당자當者네 자신도 모를 사이, 절루 그래지는 모양이다.

장단이 양악에서는 피아노에 의한 반주이겠는데, 가수말고 반주자까지도 역시 그와 같이 도취가 되어 몰아의 경지에로 젖어 들어갈 수가 있는 것임을 비로소 알겠었다.

그리고 그것은, 우리가 창작을 할 때에 작중 인물의 생활에 동화가 되어, 어느덧 나 자신도 모르는 동안, 그의 감정의 변화를 따라, 혼자서 웃기도 하고 찡기리기도 하고 노하기도 하고 하는 것과 다름이 없는 것일 것이다.

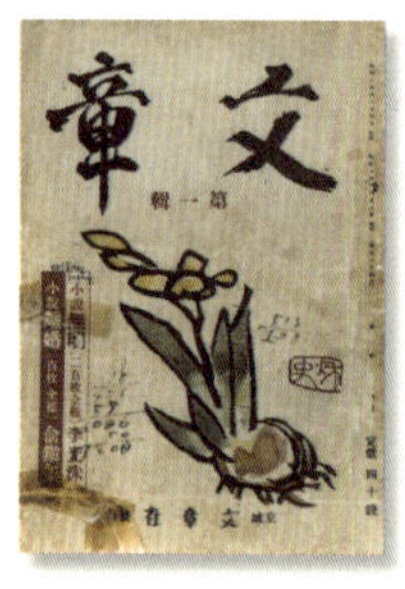

이태준 『문장』 창간호
(1939)

채만식의 「남행기」는, 일제 암흑기 전야에 혜성처럼 나타났다 없어진 『문장文章』지에 실린 작품이다. 『문장』은 책 자체가 하나의 예술작품이었는데, 그걸 내던 상허尙虛 이태준李泰俊은 달마다 주옥 같은 수필란을 마련하였다. 수필전문지 『박문博文』과 더불어 『문장』은 수필문학 창작의 산실이 되었다.

백릉의 기행문은 소설의 한 대목을 보는 듯하다. 기차 속에서 벌어지는 인정세태를 끈적거리는 문투로 그리고 거기 전라도 사투리가 양념을 친다. 이 소설가는 어떤 작가도 흉내낼 수 없는 개성적 문체를 확립한 작가다. 개성이 잘 드러나는 수필문장은 더욱 그러하다.

차 속에서나 술좌석에서나 정치 이야기나 나라 이야기는 하지 않는다. 목적지는 무등산이 아니고 유달산도 아니다. 차 안에서 여러 군상群像을 만나고, 광주에 도착하여 만난 친구들과 밤이 새도록 술판을 벌이고 흥에 겨워 몰아지경에 빠진다. 이렇듯 그 시대의 인테리켄차는 '술 권하는 사회'이던 것이다.

이 글은 몇 시에 일어나 어디에 모여서 언제 떠나 어디에 닿아서 무얼 보고 느꼈더라라는 기행문의 정석을 벗어났다. 참신한 기행문이다.

세월은 흐르는 물이다. 산과 강은 예와 같으나 사람의 마음은 그렇지 않다. 노는 날이면, 명승지마다 등산객이 넘쳐나고 기를 쓰고 높은 산을 오르나리는 산악인들도 있다. 목숨을 걸고 지구의 끝을 정복하는 탐험가도 있다. 우물 안 개구리의 시대는 옛 얘기가 되었다. 나라 안에서 맴돌던 우리의 발걸음이 세계를 누비고 다니는 시대가 되었다. 여행의 견문이 그만큼 넓어졌다.

나라 밖에 다녀온 사람의 수만큼 저마다 기행문을 쓰다 보니, 기행문집만 가지고 책방을 낼 만한 세상이 되었다. 팔순이 넘은 난대蘭臺 이응백李應百(1923~)의 해외 여행담을 들어볼까 한다.

이응백 『기다림』
(1988)

유럽이나 남미에서도 그랬거니와 특히 미국에서는 어디서나 줄을 서서 기다리는 모습을 볼 수 있다.

버스나 기차를 탈 때는 물론, 관광하는 곳, 극장, 백화점, 식당 할 것 없이 사람이 둘 이상만 모이면 줄을 서는 것이 생리화돼 있다.

하와이의 진주만이나 뉴욕의 자유 여신상을 관람하려면 배를 타고 건너가야 하는데, 매일같이 붐비는 세계 각처에서 모여든 관광객들이 자기 나라에서의 나름대로의 습관을 팽개치고, 이 느럭느럭한 대열에 끼여 한마디의 불평도 없이 기다려야 하는 것이다. 누구하나 눈을 부라리고 소리를 지르지 않는데도 우리 찾아 들어가는 양떼들처럼 줄을 서서 기다린다.

관광의 인파가 많기는 백악관 앞이 제일이라 하겠다. 여기서는 아예 그룹 순서 쪽지를 나누어 준다. 그 쪽지를 타 가지고 다른 데 가서 볼일 보고 시간을 맞춰 오면 된다. 비가 오나 볕이 쬐나 관광인파가 끊이지 않는 이곳에는 아예 운동 경기장의 관람석처럼 스탠드를 마련해놓고 천막천으로 지붕도 씌워 놓았다. 그런데 우리처럼 시간을 쪼개어 다른 데를 갔다 오는 사람도 있지만, 대다수의 사람들은 아예 아이스크림이며 빵 같은 것을 사다 놓고 자리를 차례로 옮겨 가며 마냥 기다린다.

백화점에서 물건값을 치룰 때에도 계산대 앞에 죽 늘어서서 질서 정연하게 순서를 기다린다. 물건에 대한 것을 물을 때에도 먼저 손님과의 이야기가 끝나는 것을 기다려서 해야지, 이야기 중에 끼여 들면 아예 상대도 하지 않는다. 따라서 아무리 급해도 기다려야 한다. 기다릴 시간이 없으면 다른 곳으로 가든지, 포기할 수밖에 없는 것이다.

식당에서는 더욱 엄격하다. 빈 자리가 있어도 입구에서 안내를 기다려야 한다. 앞에서 기다리는 사람이 없다고 성큼성큼 자리를 찾아 들어가 앉으려 하면, 일단 다시 입구 쪽으로 나가 달라고 점잖게 권유를 받는다. 좌석에 앉아서도 주문을 받으러 올 때까지 기다려야 한다 소리를 지르거나 손뼉을 쳐 부르는 것은 더구나 안 되고, 손짓을 해도 안 된다. 그냥 앉아서

이응백 부부 해외기행문집
『여적』(1983)

처분만 기다려야 한다. 주문한 뒤에 음식이 늦게 나와도 독촉을 해서는 안 된다. 대개 그런 일은 없지만, 만약 자기보다 늦게 들어온 사람한테 음식이 먼저 나와도 화를 내거나 따지고 들어서는 안 된다. 이만큼의 기다림 시간이나 마음의 여유가 없는 사람은 근본적으로 식당에 들어갈 자격이 없는 사람이다. 시간이 없거나 성미가 급한 사람은 우유나 빵, 통조림 같은 기성 식품을 사다가 편리한 데서 먹는 것이 좋을 것이다.

줄을 서서 기다리는 이들의 생활습성은 서로 같은 처지에 있는 사람들끼리 나와 같이 남도 존중해야 한다는, 아니 남을 존중해야 나도 남에게 존중을 받을 수 있다는 개척 당시부터 몸에 밴 질서라 하겠다.

따라서 그들은 혹 앞에서 줄에 끼여 드는 사람이 있으면, 그들 독특한 제스처로 어깨를 한번 들썩 추켜 올릴 뿐 더 이상 얼굴을 붉히거나 큰 소리를 치질 않는다. 화를 내지 않아도, 큰 소리를 치지 않아도 벌써 다른 모든 사람에게 그가 인격이 모자라는 사람이란 점이 충분히 평가되었기 때문이다.

그들은 서로 공평하게 잘 살기 위하여 권력도 완력도 힘을 쓰지 못하게 하는 전통을 이룩해 놓은 것이다.

날씨가 더우면 특히 여자들은 유방에서 발목 근처까지 가리는 스커트만 걸치고, 맨발에 슬리퍼를 끌고 다니며, 남자들도 특수한 직장이나 의식 때가 아니면 넥타이 같은 거추장스런 것은 매지 않고 생긴대로의 간편한 옷을 걸치고 다니는 그들에게 세계를 이끌어 나아가는 저력이 있다는 것은 물론 무진장한 부존자원과 막대한 생산력 때문이기도 하지만, 줄을 서고

기다리는 사회풍조가 큰 몫을 차지하고 있다고 하겠다.

줄을 서는 것은 질서를 의미하며, 기다리는 것은 인내력을 뜻한다. 줄을 서는 것은 서로 앞질러 혼잡을 이루는 것보다 얼마나 신속하고 순조롭게 일이 처리되며, 기다리는 것은 서두르는 것보다 얼마나 모든 일을 무게있고 튼튼하게 해결하는 길인가.

나는 미국의 수도 워싱턴 시가지의 중심 표적으로 되어 있는 182미터의 하얀 워싱턴 기념비가 50년이나 걸려서 건립되었다는 이야기와 미국 국회의사당 돔 밑둘레의 대리석 조각이 이태리 사람에 의해 25년이나 걸려 완성됐다는 설명을 듣고, 이들의 기다림에서 우러난 참을성이 얼마나 위대한가를 실감했다.

지은 지 몇 해 안 돼 금이 가거나 심지어는 짓다가 허물어지는 우리 형편에 비해 보면, 이들은 얼마나 모든 것을 충분한 시간을 두고 설계하고 진행하여 수백년이 지나도 끄떡없게 하는가.

기다림의 미덕은 참을성과 튼튼이라 하겠다.

오랫 동안, 나라의 벼슬아치들은 백성들이 딴 나라에 들락거리면, 나라가 망하는 줄 알았다. 온 국민의 발에 대원군이 만든 족쇄보다 더 큰 쇠줄로 국민의 손발을 묶어 놓았다.

국민소득 만불이 되면, 온 국민이 기를 쓰고 나라 밖으로 뛰쳐 나간다고 한다.세상이 많이 바뀌었다. 주민등록이 돼 있으면 누구나 지구상의 어디나 못갈 데가 없다. 지금 이 시간에도 세계 명승고적에 한국인이 널려 있다.

안병욱 구미기행록
『마음의 창문을 열고』
(1963)

「기다림」을 쓴 이응백은 학자이며 교육자다. 그리고 대단한 여행가다. 중국, 일본은 말할 게 없고 유럽, 남미, 미국 등 안 가본 나라가 없다. 기행수필을 많이 쓰고 기행시조도 지었다. 부부기행기도 책으로 냈다.

이 글은 기다림의 미덕을 강조한다. 범사에 조급한 사람을 꾸짖는 글이다. 줄 서서 기다릴 줄 모르고 새치기를 하거나, 식당에서 재촉하는 손뼉을 치는 무례함을 나무란다. 줄서기는 질서이고 기다림은 인내력에서 나온다. 그 나라 국민의 질서생활과 인내력이 위대한 국가를 만든다.

모든 문자행위는 인간훈육의 역할을 담당한다고 하겠다. 독자를 가르치는 수필은 한국수필의 큰 갈래를 이룬다. 예나 이제나 교훈수필은 독자를 감화시키는 역할을 해왔다.

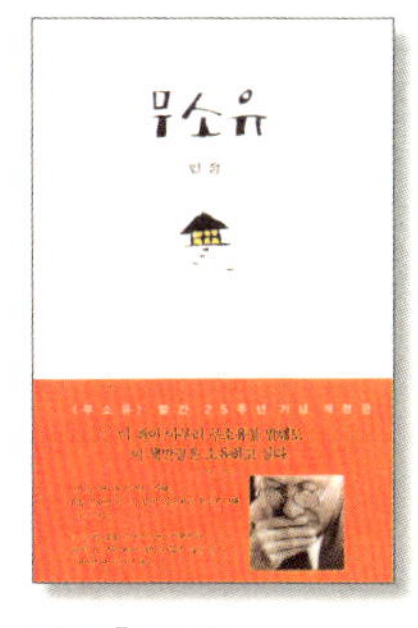

법정 『무소유』
(1976)

얼마 전만 해도 그런 글이 베스트셀러의 첫 자리를 차지하였다. 한때, 철학교수 김형석, 안병욱의 수상록이 낙양의 지가를 올렸다. 30년 세월이 흘러도 어느 책방에서나 진열대의 앞자리를 차지하고 있는 법정法頂의 『무소유』도 교훈수필이다.

신라 융성기에 혜초慧超는 『왕오천축국전往五天竺國傳』을 썼다. 조선의 큰선비 연암은 『열하일기熱河日記』를 남겼다. 구당矩堂 유길준兪吉濬의 『서유견문西遊見聞』은 외국 문물을 이 나라에 알려 주었다. 육당·춘원·노산 등은 나라사랑의 마음으로 기행문을 쓰는 붓을 놓지 않았다. 한비야의 세계기행문집들은 한국의 국력을 보여준다. 한국의 기행수필은 한국의 역사다.

유길준 『서유견문』
(1889)

隨筆
『수필』 손재형 서

수 필
『현대수필』 서희환 서

에세이
『월간 에세이』 김충현 서

에세이
『에세이스트』 정병례 서

隨筆
『계간 수필』 김응현 서

수 필
『수필시대』 조종숙 서

隨筆
『창작수필』 송성용 서

수 필
『수필춘추』 이상우 서

隨筆
『수필과 비평』 고임순 서

수 필
『한국수필』 김충현 서

隨筆
『수필문학』 김창현 서

에쎄이
『에세이 21』 구암 서

수 필
『선수필』 홍석창 서

수 필
『수필공원』 이동렬 서

隨筆
『현대수필』 이건걸 서

손재형 서
(『육당 최남선 전집』(1973) 소재)

최남선의 만화상
(『동광』 1932년 1월호 소재)

이양하 『이양하 수필집』(1947)

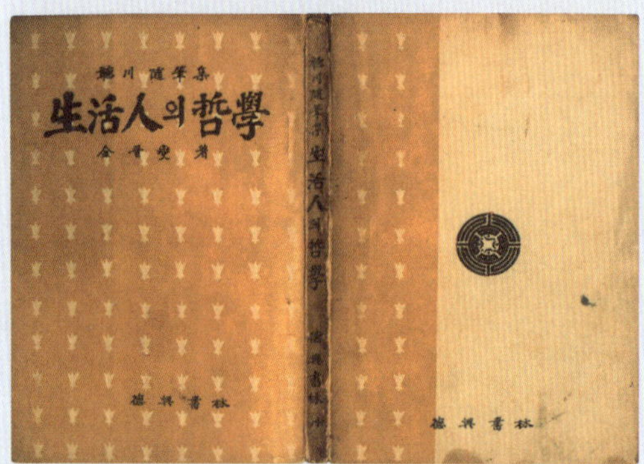

김진섭 『생활인의 철학』(1957)

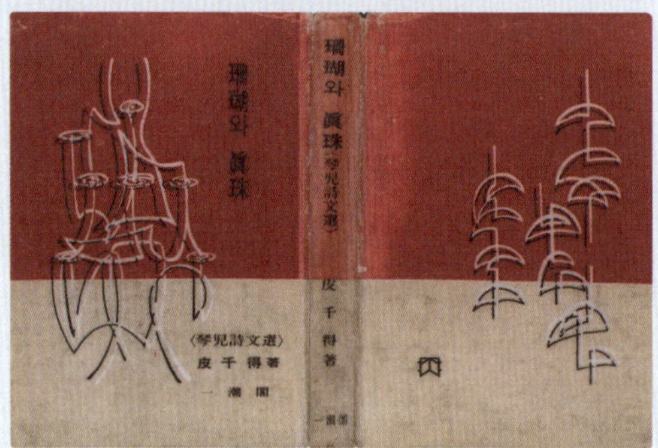

피천득 『산호와 진주』(1969)

서 사 (敍事)

백신애 「눈 오던 밤의 춘희春姬」

피천득 「유순이」

최정희 「첫애인」

윤재천 「열네 살 소년의 꿈」

김우현 『김우현 수필선집』(1992)

 옛날 아주 옛날에, 호랑이 담배 먹던 시절에, 어느 깊은 산 골에 어미와 갓난애가 살고 있었다.

하루는, 엄마가 부엌에서 밥을 하고 있는데, 방에서 애 울음소리가 났다. 놀란 엄마는 얼른 내달아 방문을 열었다. 방 안에서는 별꼴이 생겼다. 보리톨만한 이가 애를 등에 업고, 벼랑벽을 기어 오르고 있었다. 엄마는 아이 떨어질세라, 크게 놀라서 냅다 외쳤다.

"어머나, 이 애기! 애기!"

이리하여, 어머니가 '이'와 '애기'를 한숨에 지르다가 '이야기'가 생겼다고 한다. 귀신 씻나락 까먹는 흰소리다. 이 이야기 발생론의 진의에 관하여 말의 뿌리를 캐는 학자에게 물어보진 안 했지만, 거짓말이면 어떻고 참말이면 어떠랴? 우리네 할아버지 할머니들은 참말은 재미가 없어서, 애기의 말뿌리조차 거짓으로 꾸몄다. 이하고 애하고 어우러져 이야기가 되었다는 우스개는 다른 나라에는 없다. 이렇게 탄생한 '이야기'는 애시당초 거짓말로 꾸민 이야기의 본질을 말해 준다.

어린이는 이야기를 들으며 자란다. 할머니의 이야기는 끝이 없다. 몽당귀신 이야기, 도깨비 이야기, 혹 떼려다 혹 붙인 이야기, 장난꾸러기 이야기, 심술꾼 이야기…… . 이야기의 샘은 손자놈이 잠들 때까지, 밤이면 밤마다, 삼백예순 날, 일년이 지나도 바닥이 나타나지 않는다. 어린이는 할머니의 무릎을 베고 기뻐하기도 하고 슬퍼하기도 하고, 꿈을 꾸고 가슴을 설레며 세상살이와 만나게 된다.

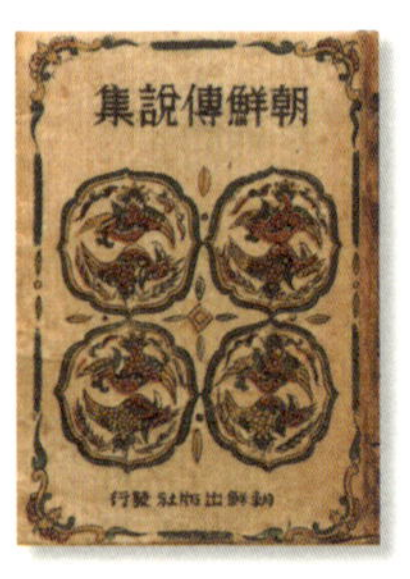
『조선전설집』(1939)

할머니가 손자에게 들려준 이야기가 오랫동안 떠돌아 다녔는데, 어
떤 얘기꾼이 나타나서, 할머니의 거짓말 이야기를 참말 이야기처럼 그
럴듯하게 만들어 놓았다. 이것이 바로 소설문학의 모태가 된다. 짧은
할머니 얘기는 입에서 입으로 이어왔지만, 소설은 그 얘기를 길게 늘이
고 참말처럼 만들어서, 글로 써서 책을 만들었다. 글자로 써 놓은 소설
은 여러 사람이 돌려가며 보게 되고, 근대에 이르러서는, 밤이나 낮이
나 소설을 쓰는 작가가 나타나고, 소설책을 대량으로 찍어서 돈벌이를
하는 출판사가 나타나게 되었다. 그것이 한국소설사를 수놓은 저『홍길
동전』이 되고『춘향전』이 되고『혈의누』가 되고『무정』이 되고『임꺽
정』이 되고『토지』와『태백산맥』이 되었다.

현대소설가들이 오만 가지 소설을 짓는데, 그래 보았자 옛 이야기의
틀을 벗어나지 못한다. 대하소설이든, 손바닥에 써 놓은 장편掌編소설이
든, '어떤 사람이 어느 때 어디서 무슨 짓을 했다더라' 하는 이야기의
본질을 지니고 있다. 김시습의 한문소설이든 황순원의 서정소설이든
황석영의 역사소설이든, 모든 소설은 할머니 얘기처럼 맹랑한 거짓말
을 참말처럼 만들어서 독자들을 울게 하고 웃게도 하는 것이다. 사람들
은 거짓애기를 듣고도 성을 내지 않고 오히려 즐거워 한다. 인간은 만
물의 영장이 아니라, 거짓말을 좋아하는 어리석은 동물이다.

애기의 소재가 되는 신이야기, 왕과 황후와 공주이야기, 장군이야기,
전쟁이야기, 사랑이야기, 도둑놈이야기, 거지이야기—— 이 모든 이야

홍명희『임꺽정』
(1948)

기를 총칭해서 서사敍事문학이라고 한다. 그리고 서사문학은 신화, 전설, 민담 등의 여러 갈래가 있는데, 이들 가운데 가장 윗자리에 있는 문학이 소설이다. 소설은 인간의 주위에서 벌어지는 모든 사事를 서敍하는 문학이다. 인간은 온갖 사물과 더불어 살고, 그 사물이 일으키는 사건과 싸우며 살고, 거기서 희喜 노怒 애哀 낙樂 애愛 오惡 욕欲의 온갖 감정을 느끼며 산다. 사건은 반드시 처음과 가운데 도막과 끝의 이야기가 있다. 소설가는 그 이야기를 재미있게 차근차근 이야기한다. 이것이 서敍이다.

옛 얘기는 기억에 떠오르는 대로 생각나는 대로 도란거려도 아이들이 좋아하지만, 소설은 할머니처럼 얘기해서는 안 된다. 소설의 소재를 모으고 현장을 답사하기 위하여 지구를 누비고 다녀야 한다. 매력적인 문체를 구사하고 구성이 치밀해야 한다. 소설 한 편을 쓰려면, 한 달이 걸리기도 하고 여러 해 동안 죽을 고생을 한다. 한 권의 장편소설을 쓰기 위하여 한 평생을 바치기도 한다. 말하자면, 소설 쓰는 작업은 백두산을 오르는 힘겨운 등산과 같다.

세상에는 험한 산의 꼭대기를 정복하고 큰 소리를 치는 산악인이 있는가 하면, 어떤 사람은 문 밖의 작은 동산東山에서 잠깐 바람을 쐬고 와서도 호연지기를 누리는 사람도 있다.

세계 제일봉을 정복한 등산가가 소설가라면, 얕으막한 야산을 거니는 산보가가 바로 수필작가다. 높은 산에서 일어난 일을 서술하는 것이 소설이라면, 낮은 산 고개에서 일어난 일을 서술하는 것이 서사수필이다. 크기와 깊이와 넓이가 다를 뿐, 이야기를 서술하는 방식은 서사소설과 서사수필의 본질적인 차이는 없다.

소설의 소재가 서사수필의 소재가 될 수 있다. 다만 소설의 소재가 거짓말인데 반하여 서사수필의 소재는 참말이다. 소설은 소설가가 꾸며댄 거짓세계를 그린다면, 서사수필은 작가 자신이 이야기하는 참의 세계다. 서사 수필은 시문학처럼 주관적인 생각과 느낌을 나타내는 고백문학이다. 자기 얘기를 하는 데, 진솔하게 쓰면 되지, 소설처럼 반드시 복선을 깔아놓지 안 해도 되고, 주도면밀한 구성을 필요로 하지 않고, 꼭 절정의 마디가 있을 이유가 없다. 서사수필이 아무리 소품小品이라 하더라도, 개성적인 문체, 낯선 소재, 감동을 주는 주제는 소설과 똑같이 요구되는 조건들이다. 가끔 재치가 보이고 웃음이 있으면 더욱 좋다.

서사수필은 한국수필의 주요한 창작영역을 차지하고 있다. 아래 보이는 몇 편의 서사수필은 서정시나 단편소설을 감상하고 느끼는 감정보다 더 감격적이다. 아무리 읽어보려 해도 무슨 소린지 알 수 없는 시보다, 석달 열흘을 낑낑거리며 읽는 대하소설보다, 서사수필은 쉽고 단숨에 감상할 수가 있다. 그렇게 경제적이다.

실제 사람이 있고 이야기가 있는 짧은 글이 서사수필이다. 소설가 백신애白信愛(1908~1939)의 「눈오던 밤의 춘희春姬」는 마치 소설의 한 대목과 같다. 수필이 다루는 영역은 매우 넓다.

신희천 편 『백신애』
(1987)

육년 전이다. 그때 나는 도오꾜에 있었다. 그 해에는 웬일인지 몇십 년 만이라는 대설이 내렸었다.

나는 아파트의 삼층에서, 저물어가는 하늘을 하염없이 내다보느라고 유리창에 이마를 기대고 서 있었다.

그때 건너편 양관洋館 삼층에서 역시 이웃 지붕을 내다보고 있는 한 여인이 있었다. 그 여인은 오래 전부터 나를 발견하였던지, 내가 그 여인을 바라볼 때, 그녀는 나에게 열심히 손을 흔들고 있었다.

그 양관과 내가 있는 아파트는 거의 백여 간이나 떨어져 있었고, 또 저물어가는 저녁 때라, 그 여인의 모습은 알아볼 수가 없었다. 나는 조금 서먹서먹하기는 하나, 창을 열고 손을 내밀어 그녀에게 흔들어 보였더니, 그녀는 갑자기 바쁜 일이 생긴 듯이 다시 한 번 손을 흔들어 보이고는 사라졌다. 나는 어찌된 셈인지 가슴이 쓸쓸하여졌으므로 창문에 커튼을 내려버렸다.

그 사이에 전등이 켜지며 복도에 조심스런 발자국 소리가 들려오며, 가끔 머물러서는 기척을 느꼈으나, 이웃 방 사람이겠지 하고 테이블 앞 의자에 걸터앉아 원고지를 펼쳐 놓았다.

조금 있더니 발자국 소리는 내 방 앞에 와 멈추어지며, 얌전스런 노크 소리가 났다.

나는 무심코 들어오라고 대답하였더니,

"들어가도 좋을까요?"

하는 아름다운 소프라노의 음성이 대답하였다. 나는 노크한 사람의 주저하는 태도에 잠깐 생각한 후 도어를 열었다.

"아!"

나는 도어를 열자, 그 곳에 서 있는 사람이 내가 꿈에도 얘기해 본 적이 없는, 눈이 부시게 반짝이는 금발을 한 서양녀임에 질겁을 하듯 놀랐던 것이었다.

"들어오세요."

라고 대답한 후 그녀를 방안으로 들였더니, 나는 또 한 번 놀랐다. 그 이유는 그녀가 일본인이나 조금도 다름이 없을 만큼 말이 유창한 것이다.

"나는 저편으로 옮겨온 지 일주일이나 됐어요. 아침마다 당신이 창을 여는 것을 보았지요. 그때마다 손을 흔들어도 당신은 못 본 척하셨어요."

양관에서 내다본 여인이 즉 자기라고 하였다.

"아, 그랬어요? 나는 오늘 처음 당신을 발견했는데요."

나는 그녀와 어느 사이인지 십년지기같이 정답게 이야기를 나누고 있었다.

"저 눈을 맞으며 우리 산보합시다."

우리는 거리에 나섰다.

가까운 히비야공원(日比谷公園)으로 향했다. 공원 앞까지 가서는 함께 발을 멈추었다.

"무서워라……."

그녀는 갑자기 나에게 바짝 다가서며 인기척 없는 공원 안을 기웃거렸다.

나는 여기까지 눈을 맞고 걸어오는 동안, 흠뻑 감상에 잠겨있던 터이라, 그녀의 어깨를 껴안았다. 그리고 눈물을 감추며 애달픈 설희雪嬉의 이야기를 해 주기로 했다.

"설희! 그녀는 나이가 나보다 한 해 위였으나, 몸집이 나보다 무척 작아서 나를 언니라고 불렀어요. 그녀의 사랑하는 이는 모 사건으로 사형을 당하고 홀어머니와 가없이 살았는데, 나는 그녀의 유일한 동무였습니다. 그는 항상 검은 루바시카를 입고 내 가슴에 기대어, '언니, 나는 춘희椿嬉를 사랑한답니다. 나도 춘희처럼 되렵니다. 아니, 나는 춘희보다 설희雪嬉가 되렵니다. 함박눈이 펄펄 소리없이 땅위에 쌓일 때, 나도 소리없이 가렵니다.' 그 후부터 그는 스스로 설희라고 이름을 고쳤습니다. 그 역시 춘희처럼 가슴을 앓고 있었던 것입니다. 그 설희가 재작년에 정말 눈내리는 밤, 소리없이 머언 암흑의 나라로 사라졌답니다."

내 이야기가 끝나자, 이 이국 여인은 바로 가슴을 헤치고 흰 단추가 목까지 달린 새까만 블라우스를 나에게 보이며,

"언니!"

하며, 감격에 떨리는 듯 나를 불렀다.

나는

"오!"

하는 감탄과 함께 그녀의 블라우스의 스타일이 그 전날 설희가 즐겨입던 루바시카와 비슷함에 놀라며, 행여나 설희의 영혼이 나타났는가 하여 등

허리에 진땀이 쭉 흘러 내렸다.

　"과연 나는 내 영감이 들어맞았어요. 당신은 반드시 나에게도 유일한 동무가 될 것 같아요. 오늘 밤 흰 눈이 내리는 가운데서, 백(白)이란 성을 가진 당신과 친하게 되고 설희의 이야기를 들으며, 그 설희가 또한 나와 운명이 같은 사람임을 알게 되었습니다. 기이한 일입니다. 나는 당신보다 나이가 많은지는 모르겠습니다마는, 당신을 언니라고 부르겠어요. 당신은 나를 설희라고 불러주세요. 정말 정말 나는 설희라고 이름을 고치겠어요."

하며, 그는 무슨 설움이 가득 차오는 듯, 내 어깨 위에 이마를 부벼대었다.

　나는 온 몸에 소름이 끼친 채 묵묵히 서 있으면서, 그 여인이 설희같이만 생각되어졌다. 그리하여 얼른 이 생각을 물리치려고 안전지대 위로 옮겨 섰다.

　그러나 그는 무엇에 취한 듯 내 곁으로 자꾸 다가서며,

　"미스 화잍(白), 아니 언니, 우리가 이렇게 서 있는 동안 눈이 자꾸 내려서 우리가 눈 가운데 포옥 파묻혀 버렸으면……."

하고, 그는 커다란 눈을 반짝였다. 우리는 함께 옷 위에 쌓인 눈을 서로 바라보는 사이에, 가로등에 펄펄 내리는 눈발이 마치 우리를 눈 속에 파묻으려는 듯 싶었다. 이윽고 함께 걷기 시작하였을 때, 나의 가슴은 이국 정서로 가득해지며, 남의 나라를 방랑하듯, 노스탈지어의 마음은 자못 설레였다.

국제문화사 간
『한국여류수필전집』
(1965)

　여섯 해 전, 눈 오는 밤, 곳은 동경 히비야 공원, 작가는 저물어가는

하늘을 바라보다가 이국異國 여인을 만나서, 친구 설희라는 여인을 회상한다. 소설의 요소를 갖춘 서사수필이다. 잔잔한 감상적 문장이 심금을 울린다.

두 여인의 우연한 만남이 작은 사건이고, 화자가 얘기하는 설희의 죽음이 큰 사건이다. 그 가여운 설희 얘기를 듣고 서양여인은 감격하여, 자기 이름을 죽은 설희로 바꾸겠다고 한다. 부드러운 절정감을 자아낸다. 이 짧은 수필은 액자소설에 가까운 수필이다. 세 여인의 감상적感傷的 이야기가 감명을 자아낸다.

백신애는 30년대 여류소설가다. 『조선일보』 신춘문예 1회 당선자다. 러시아를 다녀오고 동경에 머물기도 한 이국적 정서를 체감한 여인이다. 이 수필을 소설로 쓸 수도 있었을 것이다. 서사수필이란 무엇인가. 서사수필을 약탕에 넣어 조리면 서정시가 되고, 큰 가마솥에 넣어 물을 붓고 고아대면 소설이 된다.

천하의 명수필 「인연」을 쓴 금아琴兒 피천득皮千得(1910~2007)의 「유순이」도 여인과의 이별을 쓴 서사수필이다. 「인연」의 아사고나 유순이나 젊었을 때 금아가 사랑했던 여인이다. 이루지 못한 애틋한 사랑이다. 이뤄진 사랑은 재미가 없는 법이다.

피천득 『산호와 진주』
(1969)

들려온다. 이따금 기관총의 이를 가는 소리도 들린다. 갑북閘北쪽을 바라다
보니, 화산이 터지는 남양의 하늘보다도 더 붉다. 그리고 쉬일 새 없이 번
개 같은 불이 퍼졌다 스러진다.

캠퍼스를 돌아다니다가 마음을 진정시키려고 방으로 들어갔다. 겨울방
학이므로 학생들은 다 집에 돌아가고, 나하고 남양에서 온 몇만이 기숙사
에 남아 있었다. 이불을 쓰고 드러누웠다. 여전히 대포 소리, 폭탄 떨어지
는 소리가 들려온다. 여러 번 몸을 뒤채도 잠은 들어지지 않았다. 아까 전
화로 들은 그의 음성이 나를 괴롭게 하기 시작했다. 그가 지금 총에 맞아서
쓰러지는 것 같기도 하고, 불붙는 병원에서 어쩔 줄 몰라 애통하는 양이 눈
앞에 보이는 듯하였다.

나는 서가회徐家匯라는 곳에 있는 요양원에 입원을 하였었다. 그리 심한
병은 아니었으나, 기숙사에는 간호해 줄 사람이 없어서 입원을 하였던 것
이다.

요양원이 있는 곳은 한적한 시외였다. 주위에는 과수원들이 있었고, 멀
리 성당이 보였다.

병실이 많지 않은 아담한 이 요양원은 병원이라기보다는 별장이나 작은
호텔 같았다. 아침에 눈을 뜨면 흑단黑檀 화장대 거울에 정원의 고목들이 비
치는 것이었다. 간호부들의 아침 찬미소리가 들리지 않았던들 얼마나 고적
하였을까.

내가 입원한 그 이튿날 아침 작은 노크 소리와 함께 깨끗하게 생긴 간호

부가 들어왔다. "안녕히 주무셨어요?" 하고 그는 한국말로 인사를 한다. 그때의 나의 놀람과 기쁨은 뭐라 형용할 수 없다. 그때 그가 가지고 들어온 오렌지 주스와 삼각형으로 자른 엷은 토스트를 맛있게 먹은 것이 가끔 생각난다. 마말레이드도 맛이 있었다. 나는 그 후 어느 레스토랑에서도 그런 오렌지 주스와 토스트를 먹어본 일이 없다.

그는 틈만 있으면 내 방을 찾아왔다. 황해도 자기 고향 이야기도 하고 선물로 받았다는 예쁜 성경도 빌려주었다. 자기는 '누가복음'을 좋아한다고 하였다. 타고르의 『기탄잘리』를 나에게 읽어준 때도 있었다.

밖을 내다보니 동이 터갔다. 교문을 나서니 찬바람이 뺨을 엔다. 시외요 때가 새벽이므로 한적도 하겠지마는, 길에 공장 가는 노동자 하나 보이지 아니한다. 싸움을 중지하였는지 대포 소리도 아니 들리고 사면이 모두 고요하였다. 나의 마음도 『서부전선 이상없다』를 연상할 만치 고요하다. 별안간 어디서인지 프로펠러 소리가 요란히 들린다. 쳐다보니 비행기들이 열을 지어서 갑북 방면을 향하고 날아간다. 용기를 내느라고 두 주먹을 쥐고 걸음을 재쳤다. 양수포 발전소陽樹浦發電所 앞에 오니 그제야 사람들이 보인다. 걸레 같은 보따리 진 사람, 누더기 같은 이불 멘 사람, 한 아이는 앞세우고 한 아이는 안고 또 한 아이는 끌고 가는 여인—— 피난민들이다.

그때 본 한 아이의 둔한 눈들이, 여인네의 해쓱한 눈들이 지금도 내 눈앞에 어른거린다. 길에는 차차로 사람들이 많아졌다. 사람이 황포강 물결같이 흐른다. 푸른 옷 입은 사람들의 푸른 물결! 나는 그들 속에 섞여서 가는 동안에 공포를 느끼기 시작하였다. 만약 불행히 그 중에서 한 사람이라도 나를 잘못 일본 사람으로 본다면 나는 그 자리에서 맞아 죽을 것이다.

아무거라도 얼른 잡아타려고 하였으나, 전차도 버스도 불통이었다. 가든 브리지에 다다르니, 다릿목에 철망으로 만든 방색防塞이 두 겹으로 막혀 있고, 그 뒤에는 흙을 담은 전대를 쌓아 놓았다. 그리고 공공조계公共租界 미국 군인들이 총창銃槍을 낀 총대를 겨누고 있다. 기관총도 갖다 놓았다. 나는 어떻든 북사천로로 갈 작정이므로 빠둔조를 건너지 않고 사천로교四川路橋로 갔다. 그 다리에도 역시 견고한 방색을 시설하여 놓았다. 북사천로를 내려다보니 그곳이야말로 수라장이다. 가는 사람은 한 사람도 없고 몰려오는 사람들로만 가득 찬 그 길을 내려다보며, 나는 한참이나 우두커니 섰었다. 밀물같이 밀려오는 그 군중과 정면충돌을 하면서 목적지까지 갈 수는 도저히 없을 것 같았다.

다시 마음을 단단히 하고 걷기 시작하였다. 벌써 숨이 막힐 지경이요 정신이 아뜩아뜩하여진다. 빼-ㅇ 소리가 났다. 발을 주춤하니 바로 내 앞으로 오는 노동자 하나가 비명을 지르며 엎어진다. 이어서 총소리가 났다. 나는 얼떨결에 사람들의 줄기를 옆으로 뚫고 가로 터진 샛길로 빠져 나왔다. 지금 와서 생각해보면, 그때 어느 상점 속에 숨어 있던 편의대 하나가 나를 일본인으로 보고 쏜 것이 빗나가서 그 노동자를 죽였는지도 모른다. 골목으로 뛰어들어온 나는 뒤도 아니 돌아보고 달아났다. 육중한 바퀴소리가 들려온다. 사람들의 눈은 모두 그리로 쏠렸다. 탱크 두 대가 시멘트

바닥 위로 굴러왔다. 갑북 전선으로 가는 것이다.

"비행기다!" 사람들은 일제히 담모퉁이에 가서 달라붙었다. 굴러가던 철갑차도 땅에 붙어버렸다. 소란하던 거리가 고요하여졌다. 비행기는 날아오지 않았다. 마치 살얼음 위를 걷는 사람 모양으로 마음 급하고 걸음은 아니 걸렸다. 간신히 소방서 앞을 지나서 인적 그친 거리를 걸어서 북사천로로 돌아가려 할 때, 일본 병정 하나가 총대를 내밀며 달려든다. 나는 일본말은 알아도 입술만 떨리고 말은 나오지 않았다.

적막한 아스팔트 위에는 불규칙하게 밟는 나의 발자국 소리만 울리었다. 부상당한 병정들을 실은 적십자 자동차 하나가 지나간다. 아마 그가 있는 병원으로 가나보다 하고 바라다 보았다. 빨간 불길이 솟아오른다. 그리고 그 위로 안개 같은 연기가 피어 오른다. 불자동차 소리도 났다. 북사천로에 불이 붙은 것이다. 불덩이 튀는 소리와 아우성 소리도 간간이 들린다. 일본 육전대 방색 가까이 왔을 때 패-ㅇ하고 탄자소리가 나더니 잭각잭각 다시 총 재는 소리가 난다. 이어서 기관총을 내두른다. 나는 그 자리에 섰을 수밖에 없게 되었다. 한 오분이 지났을까, 총소리는 그쳤다. 나는 그가 지금 근무하고 있는 시내 클리닉에 도착하였다.

그는 내 손을 잡으며,

"위험한 곳에 어떻게 오셨어요."

그는 나를 자기 일하는 방으로 안내하였다. 총소리 대포소리가 연달아 들려온다.

피천득 추모 특집호
『문학사상』(2007년 7월호)

별안간 전화가 불통이다. 누구에게 건 전화인지 알 수가 없으나, 전
화가 끊긴 사건은 독자의 궁금증을 유발한다. 사건이 먼저 발생하여 긴
박감을 일으키는 소설의 서두와 닮았다.

비행기 날고 포탄 터지고 피난민이 아우성치는 사선을 넘어, 사나이
가 여인을 찾아가는 묘사는 어떤 전쟁소설보다 박진감이 넘친다. 중일
전쟁이 벌어진 상해 한 복판에서, 연정을 느꼈던 한 여인을 구원하려는
주인공의 기사騎士적 행동은 매우 극적인 감동을 불러 일으킨다. 비약과
생략을 반복하는 간결체 문장은 생동감이 넘친다.

나는 목숨을 걸고 죽을 고비를 넘어 왔는데, 간호사 유순이는 병자들
을 돌보며 병원에 남아 있겠다고 한다. 나는 그렇게 초라할 수가 없다.
이것이 마지막 만남이고 이별이다. 금아는 춘원과 가까이 지냈다. 오랜
세월이 흐르고, 유순이는 춘원의 소설 속에 여주인공으로 남는다. 참말
이 거짓말 같고, 수필이 한편의 엽편소설이다. 이 작품은 웬만한 소설

을 읽었을 때보다 더 커다란 감명을 자아낸다.

「유순이」와 같은 계열의 수필이 금아의 「인연」이다. 이 수필은 몇해 전 TV연극으로 각색하여 상연한 바가 있고, 교과서에 실려서 학생들의 사랑을 받기도 하였다. 무대 위에 올릴 수 있는 수필이 서사수필이다. 「인연」이나 「유순이」, 모두 다 잃어버린 첫사랑 이야기다. 이 두 편의 수필을 쓰고 붓을 놓았더라도 피천득은 한국 제일의 수필가로 영원히 추앙을 받을 것이다.

첫사랑은 대개 이루어지지 않는다. 그래서 가슴 속에 오래도록 남아 있다. 소설가 최정희崔貞熙(1912~1990)의 「첫애인」은 어린 나이로 저 세상에 간다. 풋사랑은 순수하고 시들지 않고 가슴에 남아 있다.

내가 처음 사랑한 남자의 이름은 '삼택'이라 불렀다. 얼굴이 희고 매끈하게 생긴 조용한 성격의 아이였다.

항상 지렁이와 뱀을 고아 먹었는데, 나는 그가 무슨 까닭으로 해서 그러한 것을 고아 먹는 지 몰랐다.

그의 집은 우리 집 뒤에 있었다. 거리가 가까운 관계도 있었지만, 삼택이가 뭘하고 있을까 하는 궁금증에서 나는 하루에도 몇 번씩 그 집에 갔다.

내가 가면 그는 누웠다가 일어나 앉기도 했다. 그리고 피식 웃기도 했다.

"오늘 저녁엔 박호잡이 하자."

"점심때 아랫말에 같이 가 볼까?"

최정희 『최정희 제2수필집』
(1962)

하는 때도 있었다.

'박호'는 박꽃에 찾아드는 박나비를 말함이요, '아랫말'은 바다가 있는 아랫마을을 이르는 말이었다.

어떤 날은 내가 누워 있는 방을 들여다보아도 아무 기척 없이 눈을 감고 있었다. 내가 간 것을 알고 눈을 떠 보는 일이 있더라도, 그는 아무 말 없이 멀거니 보다간 눈을 다시 스르르 감아버리곤 했다.

또 어떤 날은 지렁이 곰이나 뱀의 곰이 싫다고 먹지 않아서, 아버지 어머니 속을 태우곤 하는 것을 보기도 했다.

박나비를 잡자고 약속한 날 저녁이면, 나는 저녁을 일찍 먹고 신바람이 나서 그의 집으로 갔다. 그러나 그런 날 저녁이면, 으레 그는 더 기운이 없어서 저녁도 먹지 못하곤 했다.

"내가 붙잡아 줄 게, 일어나 봐라."

삼택이는 내 손을 붙잡고 비틀비틀 일어나다간 픽 쓰러지곤 했다.

"앙이 되겠다. 낼 저녁에 잡자."

이런 말을 하며, 삼택이는 자리에 누웠다.

박나비는 삼택이네 집에만 모여드는 것 같았다. 넓게 둘린 수수깡 바자에 돌아가며 박을 심어서, 박꽃은 수수깡 바자가 뵈지 않을 정도로 피어 있었다.

이 집에서 박을 많이 심는 까닭은 다른 데 있지 않았다. '일택'이 '이택'이 '삼택'이 '사택'이 '오택'이 '육택'이 '칠택'이 외에도 식구가 많았다. 여자도 반다스 가량은 헤아릴 수 있게 있었다. 삼택이의 조모님과 어머님은 물론 형수가 둘이 있고, 또 누이동생이 둘이 있었다. 그 외에도 삼택이 조부님과 아버님이 있었다. 그러니까 식구가 도합 열다섯 명이었다.

이 열다섯 명 식구가 1년을 지내려면 바가지가 석 죽 가량 있어야 된다고 해서, 바자섶에 돌아가며 박을 올렸던 것이다. 그러고 보니, 다른 데보다 여기에 박꽃이 많이 필 수밖에 없었다.

삼택이와 나는 꼭 한 번 바다에 가보았다. 푸른 물결이 줄곧 출렁대는 것을 보다가 삼택이는,

"막 뛰어 들어가서 놀고 싶다. 게두 잡고, 조개도 줍구……."

이런 말을 하며, 바다 속을 들여다 보았다.

나는 이 말엔 대꾸를 하지 않고 내가 늘 생각하던 말을 삼택이에게 물어보았다.

"야, 너 바다 끝이 있겠니? 없겠니?"

물으니까, 삼택이는 눈을 껌벅거리다가,

"있겠다."

고 대답했다. 그런데 대답하는 삼택이의 언어 동작엔 자신이라곤 조금도 없어 보였다. 나는 그러한 삼택이가 갑자기 보기 싫어졌다.

"틀렸다. 알지도 못하면서 무스거 아는 체하니? 바다는 끝이 없단다. 쳇바퀴 같단다. 여기서 배를 타구 자꾸자꾸 가면 다시 여기가 나온단다."

내가 이렇게 말하니까, 삼택이는 아무 말도 못하고 멍하니 서 있었다. 나

최정희·박화성 『여류한국』
(1964)

는 또 그러한 삼택이가 더한층 싫어져서, 삼택이를 그냥 두고 혼자 도망치 듯 집으로 돌아오는 길목에 들어섰다.

그 뒤로 삼택이의 집에 가지 않았다. 그러던 어느날 아침 삼택이네 집에서 울음소리가 벌집 터지듯 터져나오는 것을 들었다.

"삼택이가 죽었는가 봐."

어머니한테 이 말을 하고 있는 내 가슴은 떨렸다. 하루 종일 떨렸다. 그래서 밖으로 나가지도 못하고 방에 죽은 듯이 앉아 있었다.

그날 저녁엔 박나비잡이를 했다. 삼택이네 바자섶에 가서 박꽃을 뚝 따 들고,

"박호박호 연지박호, 이리 오믄 살고, 저리 가믄 죽는다."

박꽃을 하늘 높이 치켜들고 전에 없이 큰 소리를 치는 것이었다. 그렇게 하고 있는 내 눈에선 눈물이 흘렀다. 눈물은 벌린 입으로 흘러 들어갔다. 나는 눈물을 벌떡벌떡 삼켜가며,

"박호박호 연지박호."
를 불렀다.

「장다리꽃 필 때」「봉황녀鳳凰女」「반딧불」 같은 작품은 삼택으로 해서 슬펐던 때문에 씌어졌는지 모르겠다.

첫사랑은 아름답다고 한다. 헤어진 첫사랑도 아름답다고 한다. 맺지 못한 한을 이렇게 미화한다. 소녀시절 좋아했던 첫 애인 소년이 죽는

다. 그래도 아름다운 추억이라고 하겠는가. 일평생 가슴에 묻고 사는 슬픔이라고 하겠다.

소년의 이름은 '삼택'이다. 촌놈 냄새가 난다. 이름이 천하면, 오래 사는 법인데 운명은 누구도 피할 수 없다. 소녀가 찾아갈 때마다, 소년은 얼굴이 희어지고, 지렁이나 뱀을 고아 먹는 광경을 보게 된다. 소설이 구사하는 복선을 깔아 놓았다. 마침내, 애인은 소녀의 곁을 영원히 떠난다.

소녀의 가슴은 슬픔으로 가득하다. 그러다간, 이내 자즈러질 듯하다. 여기에 슬픔을 무화시키는 웃음이 있어야 한다. 삼택이는 셋째 아들이다. 일택이부터 칠택이까지 주워섬긴다. 여자도 반다스 가량이 있다고 하는데, 다스란 물건을 세는 단위다. 여자는 정확하게 셀 필요도 없고, 부모까지 대충 열다섯 식구다. 울음 속에서 웃음을 유발하여 긴장이 풀어지게 한다. 이것이 수필의 해학이다.

아동잡지에 흔히 소년소설이 있다. 이 작품은 소년소설감이다. 수필 형식으로 썼으나, 소설을 읽는 듯한 느낌을 주는 서사수필이다. 죽음보다 더 큰 사건은 없다. 삼택이집에서 들리는 울음소리를 듣고도 소녀는 내다보지 않는다. 그 슬픔을 가슴에 묻고 살다가, 소녀가 소설가가 되어 여러 작품에 삼택이의 분신들을 등장시킨다.

최정희의 소설은 놀라운 세계를 그렸다. 「정적일순」은 6·25의 비극을 그린 명작단편이다. 소설가이면서 수필 쓰기를 좋아했다. 수필집

『사랑의 이력履歷』이 있는데, 여러 수필에 등장하는 인물이 번번히 그녀의 소설에 나타나기도 하였다.

　서사수필은 짧게 줄인 단편소설이다. 수필형식을 빌어 자서전을 쓰기도 한다. 넓게 보면 모든 수필은 고백록이요 자서전이다. 윤재천尹在天(1932~　)의 「열네 살 소년의 꿈」은 자전적 수필이다.

　인생칠십고래희人生七十古來稀라고 했다.

　칠십 성상을 넘어섰으니 인생의 쓴맛과 단맛을 두루 봤다고 해도 과언이 아니다. 사람에 따라서는 구비치는 삶을 온몸으로 부딪치고 헤쳐 나가기도 하고, 잔잔한 호수처럼 그날이 그날인 듯 살아가는 사람도 있다.

　내 경우는 후자에 가깝다. 어려서부터 별 풍파 없는 가정환경에서 자라서인지 조용하고 사색적이며 변화를 좋아하지 않는 성정이 형성되었다.

　흰 두루마기 입은 노인이 지나가면 아이들이 머리를 조아리는 소박한 농촌인 안성에서 2남 2녀의 맏이로 태어났다. 그 시절의 장남은 대개가 집안의 대들보라 하여, 다른 대접을 받았 듯 나도 식구들의 비호를 받으며 얌전하고 모범적인 아이로 성장했다.

　어머니는 집안의 대소사를 도맡아 하시면서도 불편한 기색 하나 없이 손님의 뒤치다꺼리를 했고, 어떠한 손님이라도 빈손으로 보낸 적이 없을 정도로 인정이 많은 분이었다. 먹고살기 힘든 시절이라, 도시락을 싸오지 못하는 등급생이 많은 것을 아시고, 항상 밥을 꾹꾹 눌러 담은 따끈한 도

윤재천 『떠남에서 신화로』
(2007)

시락을 친구들과 나눠 먹으라며, 사람이 배가 고프면 다른 생각이 난다고
했다.

그 시절, 부富의 개념은 배부르고 등 따뜻한 것이었으니, 건강과 다이어
트를 위해 일부러 식사량을 조절하는 지금 사람들의 의식으로 보면 격세
지감이 든다.

어머니의 정성이 담긴 도시락을 들고 학교에 가는 길은 자연교과서였다.
봄이면 진달래가 수줍게 고개를 내밀고, 모내기철이면 푸릇한 벼 포기가
무논에 잠겨 출렁거리며 햇살에 반짝였다.

우리 동네는 유난히 포도나무가 많았다. 포도는 지지대를 세워주면 그
것을 따라 줄기가 뻗어나간다. 오래된 포도나무 아래는 터널처럼 뚫려져
있어 기차놀이하듯 빠르게 걷기도 하고, 산책하듯 천천히 걸으며, 이 다음
에 크면 작은 과수원 하나 갖고 싶다는 생각을 했다. 봄이면 하얀 사과꽃
이 만발하고, 여름이면 탐스런 포도가 주렁주렁 열리는 나무 근처에 집 한
채 짓고, 보고 싶은 책을 마음껏 읽으며 살고 싶다는 꿈을 갖게 되었다. 열
네 살 소년의 꿈으로는 무모하지만 최초로 품었던 꿈은 가슴속 깊이 남아
있다.

1945년에 입학한 안성농업학교에서 나무의 가지치기와 비료주기, 접붙
이는 법을 재미있게 배웠다. 튼실한 감을 얻으려면 고욤과 접을 붙여야 하
고, 작고 보잘것없는 고욤도 감나무와 만나면 맛과 향이 달라지듯, 어떻게
잘 만나느냐가 중요하다는 것을 배웠다.

어머니의 끝없는 사랑과 아버지의 말없는 가르침, 계절에 따라 변하는 자연에서 어울려 살아가는 법을 배우며, 여름날 벼 포기가 도톰해지듯 안을 채우며 열네 살 소년은 꿈을 키워갔다.

그 해 여름, 장터에 모인 사람들이 태극기를 흔들며 만세를 외치던 날, 친구들과 멋모르고 목이 터져라 외치던 함성, 더 이상 일본말로 인사를 하지 않아도 되고, 집에서 부르는 이름과 학교에서 쓰는 이름이 달라 혼돈하지 않아도 되는 것을 실감하기까지는 좀더 세월이 흐른 뒤였다. 남보다 조금 늦는 성격이 세태의 변화도 한 박자 느리게 감지하는 모양이다.

작은 과수원 하나 장만해서 직접 과일나무를 키워 결실의 기쁨을 맛보는 대신, 나는 날마다 나무를 심고 있다. '수필'이라는 씨앗과 '수필'이라는 나무를 뿌리고 심는 일에 몰두하고 있다.

수필을 쓰고 가르치며, 수필전문지를 창간하고, 수필의 이론을 정립하기 위해 『수필학』을 발간하는 일련의 작업들은, 과수원 하나 갖고 싶었던 열네 살 소년의 꿈을 이뤄가는 과정이라고 생각한다. 지금 내가 흘리는 땀은 농부의 그것에 비견될 수 있고, 잠 못 이루며 고뇌하는 밤을 어머니의 마음에 견줄 만하다면 지나친 과장일까.

곡식은 농부의 발걸음을 들으며 자라고, 아이는 어머니의 숨소리를 들으며 자라듯, 나는 내 꿈을 위해 평생 발걸음과 숨소리를 조절해 왔다.

사람들은 어릴 적 꿈을 원대하게 가지라고 말한다. 나의 어린시절은 너나없이 힘든 격동의 시대였다. 1945년에 중학교 1학년이던 아이가 한국전쟁

윤재천 편 『수필학』
제12집

과 4·19, 5·16을 거쳐 새천년의 시작이라며 흥분하던 2000년에서 5년을 넘기고 있다. 그 사이 세상은 변했어도 사람의 본심은 그리 크게 변하지 않았음을 본다.

지금도 눈감으면 선연히 떠오르는 고향마을── 앞치마 두른 어머니가 뛰어 나올 것 같고, 저녁 짓는 연기가 뒷산으로 펴져나가는 고향에 과수원 하나 갖고 싶던 그 마음으로 나는 오늘도 수필의 씨앗을 심는다. 그 씨앗 이 튼실하게 자라서 꽃을 피우고 알찬 열매를 맺어 농익은 향기가 멀리 펴 져 나가기를 꿈꾸고 있다.

꿈은 가능성이다. 그리움이다. 그리고 살맛나게 하는 희망이다.

수필은 주관문학이며 고백문학이다. 수필가는 따로 자서전을 쓰지않 아도 된다. 글은 사람이라고 한다. 수필이야말로 그 사람의 생각과 느 낌을 다 보여 준다. 짧은 글 한 편이 긴 인생을 웅변한다.

열네 살 소년은 포도밭 가운데 예쁜 집을 짓고 살 꿈을 품는다. 자연 교과서라고 자랑한 고향산천의 영향을 받은 듯하다. 그 꿈이 이뤄져서, 고대광실을 짓고 넓고 넓은 포도밭을 거느리고 살았더라면, 한국문단 에 그런 재변이 없었을 것이다. 어른이 된 소년은 포도나무를 심지 않 고 수필나무를 심는다. 그리고 그 나무가 만화방창萬化方暢하다.

수필문학의 이론을 정립하고 실제 작품활동의 분야에서 윤재천은 경 이적인 작가라 하겠다. 그의 업적은 초인적이다. 수필문학 이론서와 작

『현대수필』
(2006년 겨울호)

가론저가 스무 권이 넘고 수필집을 열 권도 더 냈다. 계간지『현대수필』을 꼬박꼬박 발간하고 있고 수필연구논문집『수필학』을 발행한다. '시의 날'만 있으란 법이 없다. '수필의 날'을 공포하였다. 시화전시회만 있으란 법이 없다. 수화전隨畵展도 있어야 하고 수화에세이집도 있어야 한다. 실제로 근래에 몇 권의 수화에세이집『또 하나의 신화』『바람은 떠남이다』『떠남에서 신화로』를 발간하였다. 일찍이 이처럼 호화로운 수화수필집이 나온 적이 없었다.

윤재천 수필의 세계는 넓고 깊다. 자잘한 일상생활, 평범한 인간군상, 누구나 생각하는 인생철학이 모두 글의 글감이 된다. 그의 글은 멋을 부리지 않고 화려한 장식이 없다. 멋이 없고 가식이 없는 무기교의 문장이 창조하는 그의 수필은 독자에게 친근감을 주고 감동을 불러 일으킨다.

윤재천은 수필문학을 위하여 사는 사람이다. 세상에 수필이란 글이 없었으면, 단 하루도 살 수 없는 사람이다. 고래희古來稀의 생애를 수필의 나무를 가꾸면서 살았고, 그 나무를 바라보는 이웃들에게 즐거움을 준다.

초대 발행인과 창간 연도

발행인·최영주(1938)

발행인·홍순성(1961)

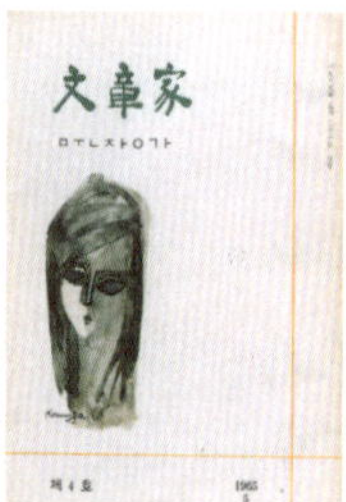

편집인·이상로(1963)

대표간사·최신애(1963)

사장·정규남(1966)

발행인·조경희(1968)

발행처·범우사(1970)

발행인·김승우(1972)

발행인·조경희(1974)

편집인·윤재천(1976)

발행인·차주환(1982)

발행인·원종성(1986)

발행인·서정일(1987)

발행인·강석호(1988)

발행인·오지연(1991)

발행인·윤재천(1992)

발행인·서정환(1992)

발행인·김태길(1992)

발행인·최낙성(1998)

발행인·박연구(1999)

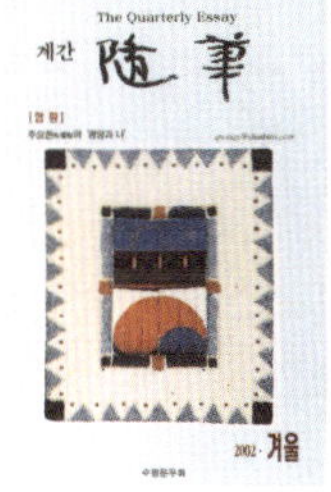

발행인·정목일(2003)

발행인·이정림(2004)

발행인·김종완(2005)

발행인·성기조(2005)

발행인·윤형두(2006)

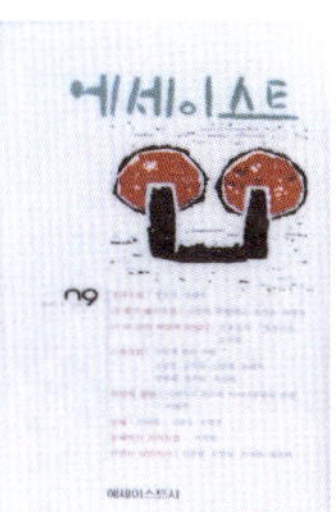
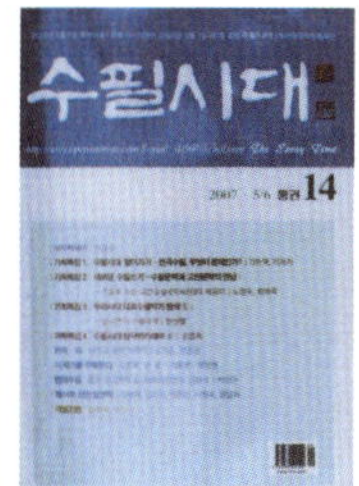

전숙희 『탕자의 변』(1954)

박화성·최정희 『여류한국』 면지(1964)

노천명 『산딸기』(1948)

서정 (抒情)

윤오영 「달밤」

김소운 「도마 소리」

박목월 「아내의 수술」

허세욱 「재를 넘는 무명치마」

최승범 「여인이 아름다울 때」

피천득 『인연』(1996)

 구십 천수九十天壽를 누리셨던 금아琴兒 옹께서 한국 제일의 명문이라 천거한 치옹痴翁 윤오영尹五榮(1907~1976)의 수필 「달밤」 전문은 이러하다.

내가 잠시 낙향落鄕해 있었을 때의 일.

어느날 밤이었다. 달이 몹시 밝았다. 서울서 이사 온 윗마을 김 군을 찾아갔다. 대문은 깊이 잠겨 있고 주위는 고요했다. 나는 밖에서 혼자 머뭇거리다가 대문을 흔들지 않고 그대로 돌아섰다.

맞은 편 집 사랑舍廊 툇마루엔 웬 노인이 한 분 책상다리를 하고 앉아서 달을 보고 있었다. 나는 걸음을 그리로 옮겼다. 그는 내가 가까이 가도 별 관심을 보이지 아니했다.

"좀 쉬어가겠습니다" 하며 걸터앉았다. 그는 이웃사람이 아닌 것을 알자,

"아랫마을서 오셨소?" 하고 물었다.

"네, 달이 하도 밝기에……."

"음! 참 밝소."

허연 수염을 쓰다듬었다. 두 사람은 각각 말이 없었다. 푸른 하늘은 먼 마을에 덮여 있고, 뜰은 달빛에 젖어 있었다. 노인이 방으로 들어가더니, 안으로 통한 문소리가 나고 얼마 후에 다시 문소리가 들리더니, 노인은 방에서 상을 들고 나왔다. 소반小盤에는 무청김치 한 그릇, 막걸리 두 사발이 놓여 있었다.

"마침 잘 됐소. 농주農酒 두 사발이 남았더니……."

하고 권하며, 스스로 한 사발을 쭉 들이켰다. 나는 그런 큰 사발의 술을 먹어본 적은 일찍이 없었지만, 그 노인이 마시는 바람에 따라 마셔버렸다.

이윽고 "살펴가우"하는 노인의 인사를 들으며 내려왔다. 얼마쯤 내려오다 돌아보니 노인은 그대로 앉아 있었다.

달밤에 김 군을 찾는다. 잠겨 있으나 대문을 흔들지 않는다. 달빛이 깨질까 두려워서다. 마침, 맞은 편 사랑 툇마루에서 달을 보고 있는 노인을 만나 말을 걸고 술잔을 나눈다. 그들의 주고받는 말은 알아듣기 쉬운 선문답禪問答이다. 처음 만난 사람에게 무청김치, 막걸리를 대접한다. 모두 달빛이 하도 밝기 때문이다.

이 짧은 글 속에는 두 신선神仙이 노닐고 있다. 이 수필이 미당未堂 서정주徐廷柱의 얇은 시집에 실려 있다면, 서사시라 해도 되겠다. 여기에는 슬픔이 없고 괴로움이 없고 사랑 싸움이 없고 시기 질투가 보이지 않고 때리고 부수는 소리가 나지 않는다. 오직 고요하고 편안하고 안온하고 고아한 인간세상이 있을 뿐이다. 꽃잎으로 가슴을 문지르는 세계, 이것이 서정의 세계다. 이런 서정세계에서 일어나는 일을 관찰하고 관조하고 마음 속에 일어나는 감흥을 담담하게 그리되, 너무 길지 않게 표현한 글이 서정수필이다.

서정抒情은 자신의 주관적 감정을 나타내는 일이기보다 자신의 마음

윤오영『곶감과 수필』
(2000)

속에 담고 있는 정서情緒를 표출한다. 감정과 정서는 같은 말인 듯하나 말결이 다르다. 감정은 가슴에 있고 정서는 심장에 자리하고 있다. 감정은 이성이 위치한 머리쪽에 가깝다. 흔히 감정교육이라고 하지 않고 정서교육이라고 하지 않던가. 썩은 나무에 도장을 새길 수 없고 썩은 흙으로 담을 쌓을 수 없다는 말은 인간의 감정이 아니라 병든 정서를 탓하는 말이다. 그러니까, 서정은 정서를 나타내는 일이고 서정수필은 정서의 바탕에서 탄생하는 문장이다.

서정의 세계는 넓고 깊다. 사람이 보고 듣고 느끼는 모든 정서를 표출하는 세계다. 허물어진 성터에 피어 있는 한 송이 들국화, 석양녘 숲에서 우는 소쩍새, 가을 밤 구름 사이에 보이는 희미한 별빛, 고향에도 떠 있는 달, 건너 마을에 걸려 있는 무지개, 여름날 쏟아지는 소나기, 기러기 울어예는 겨울 하늘—— 이 모든 자연현상이 우리의 정서를 자극하고 풍부하고 윤택하게 만들어 준다.

그러나 서정세계는 반드시 평온하고 낭만적인 동화의 세상은 아니다. 인간사 양과 음으로 이뤄져 있다. 밝은 정서가 있고 어두운 정서가 있다. 맑고 아름다운 세상은 우리가 찾아 헤매는 이상향이고, 우리 눈앞의 세상은 거칠고 사납다.

이루지 못한 연애사건, 돈푼이나 모았을 때 생각나는 저 세상의 어머니, 삼수 대입 지망생, 끝자리 숫자 하나가 틀린 복권 주인, 맨 먼저 퇴출당한 계장, 이번에도 진급 못한 사원, 다섯 번이나 미끄러진 아파트

입주예정자, 세 차례 낙선한 시의회의원—— 변화무쌍하고 아름다운 자연이 인간의 정서를 풍부하게 하는 것처럼, 자연사와 마찬가지로 인간사人間事의 모든 희로애락이 서정의 세계다.

자연사든 인간사든 모든 사물이 일으키는 정서를 표출한 글이 서정문이다. 그것이 시로 표현되면 서정시다. 인간의 심오한 정서를 다루는 서정시는 시의 왕좌를 차지하고 있다. 정서의 온갖 사연, 얄궂은 곡절을 길게 늘어 놓은 장문이 서정소설이다. 서정소설이 비록 긴 글이라 하더라도 시적 정서처럼 인간의 심오한 마음을 두드린다. 서정시와 서정소설의 중간에 서정수필이 자리하고 있다.

모든 문학 활동은 서정행위라 볼 때, 서사수필이든 기행수필이든 모든 수필은 서정수필의 한 갈래라 하겠다. 서정수필은 모든 수필을 대표한다. 그러므로 치열한 창작정신과 능란한 창작방법을 익힌 수필가만이 서정수필을 쓸 수가 있다. 서정수필은 인간의 정서를 문장으로 바꿔 놓은 글인데, 정서를 문장으로 나타내는 글쓰기가 매우 어렵다.

정서는 글의 바탕이다. 정이 없으면 글을 쓸 수 없다. 글이 정을 낳는 것이 아니라, 풍부한 정서가 아름다운 문장을 창조한다. 정서가 충만한 글이 명문이고, 정서가 메마른 글은 사문死文이다. 사물의 묘사描寫에 무정無情하면 뎃상에 그치고, 서사敍事에 정이 마르면 기록에 그치고, 서경敍景에 정이 없으면 여행안내책이 되고, 풍자諷刺에 정이 없으면 독설에 불과하다. 그렇다고 흘러넘치는 정으로 글의 내용을 채우고, 글을 온통

김소운 『하늘 끝에 살아도』
(1968)

미사여구로 발라 놓으면, 그 수필은 천속한 글이 되고 만다.

그러므로 정서는 항상 글 밖에 있어야 하고 정은 글 속에 깊이 숨어 있어야 한다. 정이 지나치게 드러나면, 추천장이나 주례사가 된다. 깊은 정이 넘치지 않고 정을 펴되 말을 아끼는 작법이 서정수필의 수사법이다.

서정수필은 수필의 꽃이지만, 그 꽃을 피우기가 어렵고, 그 예쁜 꽃을 흔히 볼 수가 없다. 아래 보인 네 편의 서정수필은 모두 애틋한 정서를 환기시키는 작품이다. 첫애인, 아내, 어머니, 여인은 가장 절실한 서정의 대상이다. 김소운金素雲(1907~1981)의 「도마 소리」는 긴긴 세월, 썩지 않은 한을 품어 낸다. 시간과 사건이 서사적이지만, 절정에 이른 비통한 감정은 서정의 극단을 보여준다.

진해군항—인구밀도는 부산의 십분의 일이 못 될—물이 흔하고 모기 많기로 유명한 벚꽃명승지, 이 진해에서 나는 어려서 몇 해를 자랐다. 여기서 처음 소학교를 다녔고, 여기서 첫사랑을 알고—.

내 알뜰이는 골무를 깁고 냉이를 캐는 시골 처녀였다. 집안끼리 공인한 사랑이건마는 손목 한번 슷제 쥐어 보지 못하고 연蓮이는 딴 데로 시집을 갔다.

마을 부인네들의 산놀이에 삼십 리 거리를 두고, 우리 집 마루에서 나는 산 중턱의 연이를 찾아낼 수 있었다. 시력의 한계를 지난 또 하나의 눈—

그토록 젊은 순정을 기울였던 연이를 내 아내로 맞아들이지 못한 원인은, 내게 있지 않고 연이가 저지른 작은 과실 때문이었다.

3년이 지난 어느 날 도오쿄 거리에서 연이의 오빠인 I를 만났다. 그 입으로 연이가 도요하시(豊橋)에 산다는 것, 그 남편이란 사람이 첩을 둘씩이나 거느린 위인(爲人)이란 이야기를 들었다. 그 이상은 물을 용기도 뱃심도 없었거니와, 내가 상상하는 연이의 생활이란 그리 행복된 것은 아니었다.

애처롭고 측은한 생각── 그보다도 아쉽고 그리운 못난 마음에, 나는 그 후 도요하시를 지날 때마다, 찻간에서 내려 플랫폼을 한번 거닐지 않고는 못배기는 버릇이 생겼다. 도요하시에 도오까이도오선(東海道線)의 야행(夜行)이 닿는 것은 대개 밤중이다. 어쩌다가 잠든 사이에 도요하시를 지나는 수가 있으면, 나는 죄를 지은 것처럼 송구해서 마음이 편치 않았다. 해방되던 그 해까지, 내 이 슬프고도 쑥스러운 버릇은 고쳐지지 않았다.

몇 해만에 진해에 들러 연이 오빠댁에서 저녁 대접을 받게 되었다.

2층에 바둑판을 놓고 연이 오빠와 나는 마주 앉았다. 그 부인은 내 옆에서 과일을 벗긴다.

부엌에서 들려오는 '또닥또닥' 하는 도마 소리──. 해방이 되어 연이도 친정곳으로 돌아온 것이라면, 아마 오빠댁 이웃에 살기도 쉬우리리── 저 도마 소리가 혹시나?

그때 남편이 잠시 자리를 뜬 새, 그 부인의 입으로 연이가 스물여섯 되던

해 일본서 죽었다는 소식을 처음 들었다.

"무슨 병이던가요?"

"병이라니요, 한恨이 죽였지요. 아까운 사람이……."

그러면서도 휘이하고 한숨을 쉬는 그 올케 앞에서 나는 몰래 무엇을 훔치다 들킨 놈처럼 당황했다.

"스무 해가 다하도록 죽은 것을 모르고 센티멘탈을 자독自瀆하던, 이 싱겁고도 얼빠진 바보 녀석아……."

나는 주릿대를 맞는 것처럼 정신이 아찔했다. 도요하시의 텅 빈 플랫폼——. 그 한밤중의 플랫폼이 파노라마처럼 나를 비웃으며 눈앞을 지나갔다.

김소운 역저 『조선민요집』
(1933)

소운은 바다나 하늘을 별로 말하지 않고, 사람과 세상의 일을 주로 그렸다. 착한 사람을 칭찬하기도 했지만, 더 많이 못된 사람을 꾸짖고 비뚤어진 세상을 탓하였다. 그의 인생이 꽃이나 새를 노래할 여유가 없었다.

이 글은 어리석은 자신을 탓하는 글이다. 소년소녀시절에 인생을 약속했으나, 여인의 잘못으로 행로가 바뀐다. 그러나 그 여인을 잊지 못하고 방황한다. 얼마쯤 세월이 흐른 뒤, 그 여인이 불행하게 살다가 죽었다는 비보悲報를 듣는다. 이미 죽은 여인을 살아 있는 줄 알고 사모하고 그리워하는 사랑도 있다. 그 여인에 대한 사랑은 이제 도마소리가 되어 가슴 속에서 오래도록 또닥거리고 있을 것이다. 죽음은 서정의 극단에 있다. 이 글은 서사적 구조로 짜여 있으나 서정의 끝을 보여주는 감동이 커서 여기 싣는다.

청천聽川 김진섭金晋燮이 근대 수필의 기둥을 세우고, 금아는 상량을 올려 놓았다. 그러면, 소운은 무얼 했는가. 청천과 금아가 지은 집 곁에 크고 우람한 기와집을 세웠다. 소운의 광활한 수필세계, 누구도 흉내낼 수 없는 문체, 수필문학에 인생을 걸었던 창작정신, 세상을 꾸짖고 자기 자신도 채찍질한 인생태도는 오래도록 우리의 가슴에 남아 있을 것이다.

소운은 평생 10여 권의 수필집과 『김소운수필전집』(1978)을 출간한 수필문학의 대가다. 그는 수필세계에만 머물지 않았다. 20대에 『조선민요집』(1933)을 내고, 일역 『조선시집』(1943)은 일본 시단에 한국인의 심성과 정서를 일깨워 줬다. 노년에 이르러서도 한국의 문학과 예술을 해외에 홍보하는 일을 하였다.

이뤄질 수 없는 사랑은 애달프다. 사랑하는 사람과의 사별은 말할 수 없는 슬픔이다. 사랑하는 사람이 병마에 시달려도 애닯고 슬프다.

큰 병원마다 넓은 수술실이 있다. 매일같이 많은 환자들이 수술대에 오른다. 건강한 사람들은 다른이의 병을 닭 소 보듯 한다. 어느 날 아내가 험한 수술을 받게 된다. 수술실은 바야흐로 온 가족의 한숨과 울음의 도가니가 된다. 서정시인 박목월朴木月(1916~1978)의 「아내의 수술」은 초조한 서정의 순간을 보여 준다.

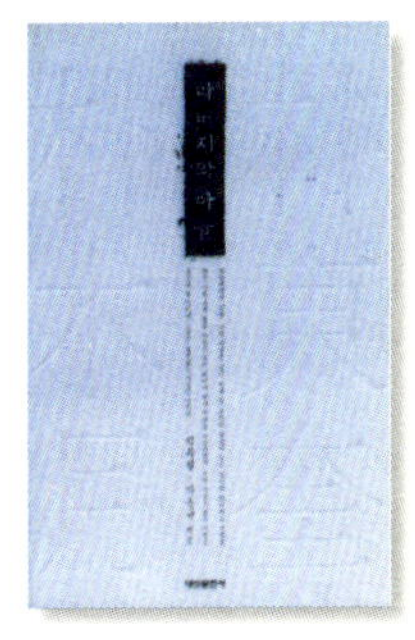

박목월·박동규
『아버지와 아들』(2007)

아내의 수술날이다.

일찍 어린것들을 깨워 아침을 먹이기로 했다. 어린것들도 몹시 긴장한 얼굴이다. 어린것들 아침이나 먹여놓고 나는 병원에 갈 예정이었다.

"엄마, 오늘 수술하지?"

국민학교 2학년 꼬마와 중·고등학교 큰것들도 이상스럽게 행동이 정숙하고, 옆방에 어머니가 누운 것처럼 말소리가 조용하다.

일곱 시에 벨이 울렸다.

병원에서 아내가 건 전화다. 고등학교 다니던 맏딸이 받았다.

"동생들 잘 간수하라"는 부탁이다. 그리고는 남규·문규·신규 한 사람씩 전화 앞에 불러내어, 그들 하나하나에게 당부를 한다. 가슴이 섬뜩하다. 수술하기 전에 자기로서는 비장한 결심을 하고, 아이들의 음성을 들으려는 뜻이다.

"당신예요? 곧 와요. 벌써 몽혼주사를 놨어요. 여덟 시 반에 수술실로 들어간대요."

비장한 목소리가 전화통으로 새어나온다. 당황하게 병원으로 달려갔다. 길에는 이른 아침을 짙은 안개, 찬 이슬비 같은 가을 특유의 안개가 온 천지를 싸고 있다. 이 어두컴컴한 세계에 자동차와 사람이 몽롱하게 합승 창 너머로 나타났다가는 안개 속에 사라진다. 가슴이 저리는 불안감과 고독감.

여덟 시, 병원에 도착했다.

아내는 자기 손으로 수술 받을 흰 가운을 갈아 입고 마취제를 맞은 것이

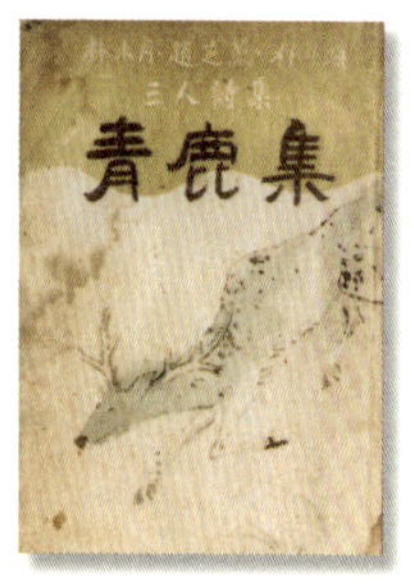

박목월·조지훈·박두진
3인시집 『청록집』
(1946)

다. 흰 수건으로 싸 묶은 얼굴이 너무나 여위어 있었다. 몽롱한 눈으로 쳐다보는 아내는 이미 의식이 없었다. 눈에 고인 눈물……．

"여보, 기도드립시다."

나의 떨리는 음성에 아내는 의식이 드는 모양,

"참 기도드려야지."

침대에서 일어나 앙상한 손을 마주 잡고,

"주여, 목월에게 은혜 베풀어 주시고, 우리 어린것들 앞길을 축복하여 주소서. 아멘."

아내의 기도다.

그리고 몸을 돌려,

"여보, 아무 여한도 없습니다."

내게 말했다.

이것이 의식이 까무러져가는 아내의 기도요, 그의 말이다. 끝내 자기의 병이나 생명보다 남편이나 자식을 생각하는 그의 크고 고된 인종의 부덕. 8시 10분, 아내는 수술실로 옮겨졌다. '어린것들 앞길 축복하여달라' 는 그의 기도에 가슴이 막힐 것 같았다.

여덟 시 반에 시작한 수술이 열한 시가 되어도, 오후 한 시가 되고 두 시가 되어도 소식이 없다. 이런 급한 처지에 이르러, 비로소 아내가 어떤 사람이라는 것이 가슴에 온다. 그의 평생 살아온 삶의 종합적인 평가가 한마디로 가슴에 오는 것이다. 이것이 아내가 살아온 인생의 결산일 것이다.

또한 남편으로서 나 자신에 대한 반성이 가만히 있을 수 없도록 날카롭게 가슴을 파고든다.

실로 나는 말로만 발라온 인생이요, 남편이었던 것이다.

복도 이편에서 저편까지 아흔여덟 자국을 아흔 번도 넘게 내왕했다. 기별이 없다. 참다 못하여 당직 간호원에게 부탁하여 수술실에 연락해보도록 했다.

전화기를 들고, 수술실과 통화를 하는 간호원의 표정을 무섭게 살피고 있었다.

간호원이 나를 돌아보며,

"허 박사님이 수술실 앞에서 뵙자고 합니다."

고 전해주었다. 허 박사가 만나자? 나는 불길한 예감에 목덜미가 굳어지는 것을 느꼈다. 왜 만나잘까? 그것을 물어볼 용기가 없었다.

그러나 수술실 앞에 이르니, 허 박사가 웃는 얼굴로 나타났다. 아내의 목에서 잘라낸 갑상선—— 자그마한 달걀 같은 두 개의 살덩이를 가제에 싸들고 와서 펼쳐 보인다. 가슴이 설레며 수술 결과가 좋다는 말이 믿어지지 않는다. 허 박사가 안내하는 대로 회복실에 들어갔다. 산소 호흡기를 물고 있는 아내—— 완전히 의식이라곤 한 가닥도 없다. 심장이 뛸 뿐, 그 늘어진 말라붙은 육체에 나는 뜨거운 것이 가슴에 치솟는 것을 참지 못했다.

오후 여섯 시가 거의 되어, 아내는 병실로 나왔다. 수술실 수레에 실려오는, 의식이 몽롱한 그의 야윈 얼굴—— 그것은 생활에 쪼들리고 자기를 다

바친 한 여인의 너무나 가슴 아픈 모습이었다.

"여보."

내 소리를 알아들은 것일까? 희미하게 눈을 뜨는 저 눈, 엄숙한 눈이다. 나의 일생을 심판하는 신의 눈── 그런 두려움이 가슴에 왔다.

아홉 시경, 겨우 의식이 돌아오는 모양이다. 자기 부모를 찾는다. 이미 세상을 떠난 지 십여 년 된 자기의 부모를 찾으며 통곡하였다.

열 시경, 집에서 전화. 어머니가 상경했다는 것을 알리며, 수술 결과를 딸이 묻는다. 그 옆에 이마를 마주대고 어린것들이 둘러앉아 있다 한다.

아내의 침대 옆에 의자를 놓고 밤을 밝혔다. 링거주사의 노란 액체가 밤새 아내의 혈관으로 흘러드는 그 정확한 간격── 나는 생명이 돌아오는 시간의 흐름을 지켜본 것이다. 아내는 아프다는 소리 한마디 없이 깊은 몽혼의 세계에 잠들어 있었다. 한 시가 지나자, 병실의 불이 갑자기 휘황해졌다. 이내 소등.

새로 두 시경의 비바람.

가을철 든 후 처음 보는 우뢰와 번개, 번쩍이는 푸른 광망光芒이 병실을 비껴간다. 그리고 창이 덜덜거리는 우뢰, 번개, 우뢰. 창이 확 밝아지자, 푸른 광망이 번쩍하고 아내의 창백한 얼굴을 선명하게 그려내고는 이내 꺼진다. 동시에 으르릉 꽝, 우뢰.

네 시경에 멎었다.

죽음의 선 위에서 다시 삶으로 켜져오는 한줄기 불빛── 볼에 핏기가 사람이 죽는 일이 보통 일이 아니지만, 사경을 헤매는 본인의 괴로움이나 그걸 수발하는 가족의 고통도 보통 일이 아니다. 더구나, 안주인이 큰 수술을 받는다면, 그 남편과 자녀들의 슬픈 마음은 어디 비할 데가 없다. 대개는 말문이 막히는 지경에 이른다.

그러니까, 글을 쓰는 작가는 무엇인가 다르다. 사슴처럼 순량한 청록시인 목월은 말문을 열고 아내의 수술과정을 정면으로 그려낸다. 수술날 집안의 긴장한 분위기를 먼저 묘사한다.

수술 전 병원에서 걸려온 아내의 유언 같은 전화, 병원으로 뛰어드는 남편의 당황한 모습, 수술 전에 아내와 드리는 기도—— 아내는 하느님께 남편과 애들의 축복을 기원한다. 가슴이 서늘한 장면이다.

자기는 여한이 없다지만, 긴 수술 시간, 남편의 가슴에는 자신에 대한 반성이 날카롭게 파고든다. 아내는 하루의 반만에 의식을 회복하고, 세상에 없는 부모를 찾고 통곡한다.

시인의 아내만이 아니라, 곁에 있는 남편도 통곡하고, 정서가 말라비틀어진 독자라 하더라도 눈시울이 뜨거워진다. 여기서 우리는 서정의 깊은 정수精髓를 보고 느낀다.

저 세상에 가버린 연인, 중환자가 되어 수술을 받는 아내를 그린 글을 보았으니, 이제 사모곡思母曲을 들을 차례다. 허세욱許世旭(1934~)의 「재를 넘는 무명치마」는 한국 어머니상을 뭉클하게 보여준다.

그날이 마침 초파일로 기억된다. 모처럼 휴가를 얻어 돌아왔다가 귀대歸隊하는 날이었다. 병역을 치르는 동안 누구에게나 귀대날짜는 우울했다. 실은 귀대를 앞두곤 수일 전부터 뒤숭숭하고 뜨락에 아무렇게나 핀 풀꽃에도 전에 없던 애착을 느끼곤 했다.

어머님은 초칠일 아침, 일찍부터 뒤주에서 쌀을 퍼선, 그걸 뒤적이며 손수 뉘나 잔돌을 고르셨다. 토막마루에 앉으셔서 꼴딱 한나절을 보내시는 거다. 대학을 나오고 그만큼 성장을 했는대도 나는 잔치 전날의 정갈한 분위기를 좋아했다.

뉘와 잔돌을 고르고 나면 그걸 물에 담갔다. 이튿날 아침, 하얗게 부어오른 쌀을 조히 자루에 담았다. 족히 한 말은 넘을 법했다. 그리고 풀칠하여 곱게 다린 흰 무명치마를 갈아 입으셨다.

이십 리 밖, 노산魯山치 절을 떠나는 차비에 바빴다. 여느 때 같으면 집에서 점심까지 먹고, 당시 자주 들락거리던 산판山坂 트럭꼭지에 달랑거리며 기차정거장으로 가야 했는데, 어머님의 절 나들이를 배행키로 했다.

하기야, 가시는 절이 역으로 가는 방향과 비슷하기에 적어도 그 중도까

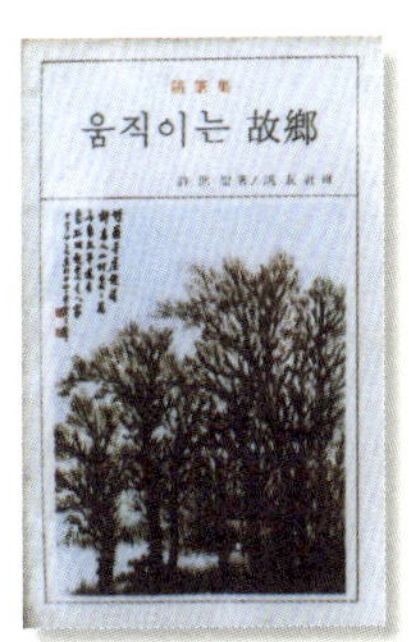

허세욱 『움직이는 고향』
(1976)

진 배행할 수 있었다.

어머님은 공미供米자루를 또아리도 없이 머리에 이셨다. 육십을 바라보는 노인이 한 말 남짓의 쌀을 이셨다. 내가 들재도 마다하셨고, 머슴을 시켜 지게에 지재도 굳이 사양하셨다. 그걸 이시고 먼 두멧길을 걸으셔서 더구나 가파른 재를 오르시겠다는 게다. 하는 수 없이 어머니와 나는 같이 길을 나섰다. 오리쯤 신작로 자갈길을 걷다가 이제부턴 논둑길로 다시 오리 남짓 걸었다.

겨울을 난 무우대가리처럼 덩치는 컸지만, 그 속에 잔뜩 바람만 들어 심심하기 짝이 없는 자식이라서 재미가 없었다. 모처럼 모자의 산책인데 이건 너무 했다. 보리가 숙성하게 자란 데다 뻐꾸기 울음이 산등성이를 울리는데 그냥 맹탕으로 걷기만 했다.

맵시라곤 깡그리 없게 풍덩하게 입은 초록색 군복의 자식은 하얀 무명치마 곁을 냉큼냉큼 걸었다. 가끔 머리에 인 쌀자루를 들어 고쳐 이실 뿐, 어머니는 좀처럼 후유—— 하질 않았다.

갯버들이 휘영청 늘어진 도랑을 건너서, 난 좀 쉬어 가자고 했다. '괜찮다' 시면서 도랑의 보에 앉으셨다. 공미를 내려놓자고 했다. 끝내 막무가내신 것이다. 부처님 앞에 공양供養하기까진 절대로 불결한 땅에 내려놓을 순 없다고 고집하셨다. 그리곤 연신 땀을 씻으며 먼 산을 바라보셨다.

이윽고 절로 올라가는 산턱에 이르렀다. 쉬엄쉬엄 시오 리十五里길을 걸어온지라 기차 시간도 얼마 남지 않았다. 뛰기로 작정한다면 절에까지 모셔다 드리고 가도 좋으련만, 그러기엔 시간이 총총했다.

어머니는 거기서 헤어지자고 꾸중하듯 말씀하셨다. 다 큰 자식에게 눈물이 핑 돌았다.

한참동안 머뭇거리다가 나는 그 길로 정거장을 직행키로 했다. 말하자면 타관에서 모자가 작별을 했다. 나는 안개 낀 눈으로 길다랗게 꼬부랑한 논두렁을 뛰었다. 왠지 머리 뒤통수가 짜릿해서 얼른 뒤돌아 볼 수 없었다. 한참 뛰다가 이제쯤 어머님의 뒷모습을 볼 수 있으려니 하고 헐떡이는 숨을 멈추었다.

웬걸, 파란 산모퉁이 그 자리에 하얀 쌀가루가, 아까와 마찬가지로 우두커니 서 있었다. 거기서 '엄마!' 하고 산울림이 나도록 소리치고 싶었지만, 소리는 목구멍으로 기어들고 눈이 축축해졌다.

나는 다시 걸었다. 이젠 내를 건너 산 모롱이로 접어들었다. '이때다!'

국제문화사 간
『한국수필문학전집』(전5권)
(1965)

집현사 간
『한국수필문학선집』(전6권)
(1965)

신구문화사 간
『한국수필문학전집』(전8권)
(1972)

을유문화사 간
『한국대표수필문학전집』
(전12권) (1975)

하고 신록의 총림에 숨어 건너편을 보았다. 어머님은 우두커니 섰더니만, 무언가 두리번거리며 비로소 산길에 오르시는 것이었다. 나는 그 하얀 무명 옷자락이 기우뚱거리며 파란 잎사귀에 파묻힐 때까지 나무등걸에 앉아 있었다.

허세욱 역
『배는 그만두고 뗏목을 타지』
(2001)

어머니를 두고 몇 권의 시집을 만든 시인이 있다. 어머니를 기리는 마음은 숯덩이가 된다. 우리는 이런 시인을 존경한다. 어머니는 시재詩材의 대상이 아니라 종교의 대상이다. 세상을 떠난 어머니를 대담하게 노래하는 시인을 우리는 더 존경한다. 어떤 필설筆舌로도 지하에 있는 부모를 그릴 수 없다.

허세욱은 대담한 인물이 아니고 누가 존경한다면 질겁할 분인데, 누가 뭐래도, 어머니를 말하지 않고는 견디지 못하는 사연이 있는 듯하다. 그만큼 어머니에 대한 정서가 깊고 슬프다. 이 글과 더러 대학교재에 실려 있는 「움직이는 고향」은 어머니를 기리는 명수필이다. 어머니가 머문는 딸네집, 아들네집이 형제자매의 고향이라는 매우 낯선 어머니상을 선보였다.

이 수필에서 일어나는 사건은 단순하다. 절에 가는 어머니와 휴가 나왔다가 부대에 돌아가는 아들이 잠깐 동행한 이야기다.

마침 초파일, 어머니는 한 말이 넘는 쌀을 이고 절에 가서 부처님전 소원이 있고, 어머니의 고행苦行을 보고만 있는 장병 아들은 애를 태운다. 어머니는 무거운 쌀자루를 머슴의 지게에 지재도 사양하고, 가파른 재를 넘고 도랑을 건너서 쉬재도 막무가내요, 땅에 내려놓재도 부정탄다고 듣지 않는다.

이렇듯 억센 어머니도 아들과 헤어지는 갈림길에서 눈물을 보인다. 눈물이 어머니의 아들에 대한 모든 말이다. 아들은 '안개 낀 눈으로' 한참을 달리다가 돌아보니, 하얀 쌀 자루가 아직도 우두커니 서 있다. 하얀 무명치마가 숲 속으로 사라질 때까지 아들은 나무등걸에 앉아 있다.

모자간의 애틋한 서정을 이만큼 그릴 수 있는 문장가는 어머니를 두고 천 편의 글을 써도 좋겠다. 힘겹게 쌀을 이고 어머니가 찾아가는 곳은 절이 아니라 당신 아들의 마음 한 가운데다. 부처님이 아니라 군부대에 되돌아가는 휴가장병 자식이다. 오래도록 가슴속에 여운이 남아 있는 글이 서정수필이다.

허세욱은 중국의 문물을 알려주는 일을 광범하게 하고 있다. 시인이며 한시번역의 일가견을 이룩하였다. 여러 권의 중국기행집을 간행하였다. 중국의 산문을 번역 소개하고 『중국수필소사』를 쓰기도 했다. 허세욱은 고희 춘추가 넘어서도 글을 쓰고 저작을 하고 있으니, 그가 지은 책이 한 수레가 될 듯하다. 그의 넓은 견문은 허세욱 수필에 그대로 묻어 있다.

서정의 세계는 넓고 깊다. 슬픈 일이 있고 즐거운 일이 있다. 눈물이 있고 웃음도 있다. 질타하기도 하고 예찬하기도 한다.

고하古河 최승범崔勝範(1931~)의 「여인이 아름다울 때」는 주부송主婦頌이다. 조물주가 만든 만물 가운데 가장 정성을 다하여 만든 창조물이 여인이다. 사랑하는 여인을 칭송하는 일은 즐겁고 행복하다.

최승범
『꽃 여인 그리고 세월』
(2007)

여기 여인은 한 가정의 주부를 생각하는 것이 좋겠다. 이 글에 눈을 멈추었다가 혹 멋없는 한 남성의 자기 중심적인 케케한 관점이다 싶으면 바로 눈길을 옮겨 주어도 좋다. 나는 나에게 주어진 지면을 그저 성의 있게 주워 담아 볼 생각이다.

새벽 일찍 일어나 식구들의 잠이 깰라 조용조용 부엌일을 보는 여인이 아름답다. 나직한 목소리로, 학교에 늦을세라, 아이를 일깨우는 여인이 아름답다. 간소한 밥상머리에서나마 둘러앉은 식구들의 수저·저붐에 찬을 앙그러지게 할 때, 여인은 아름답다. 학교에 가는 두 아이의 옷매무시를 찬찬히 보아주는 여인이 아름답다.

거울 앞에 홀로 앉아, 미장원의 유행과는 아랑곳없는 칠칠이 윤나는 머리칼을 매만질 때, 여인은 아름답다. 따뜻한 햇살 속 두셋 난분蘭盆을 내어놓고, 그 싱싱히 빼어난 잎새들에 봄비처럼 몽글게 물을 내려주는 여인은 아름답다.

발簾 넘어 화문석을 깔고 앉아 한 손엔 태극선 자루를 쥐고 책을 읽는 여인은 아름답다. 한 쪽 세운 무릎 위에 태지苔紙 두루마리를 두리우고 붓으로 편지를 쓰는 여인은 아름답다.

스스럼없는 친구와의 방안 이야기에도 그 웃음소리가 윗목 창문에쯤 왔다가 되울려 갈 때, 여인은 아름답다. 우편배달부의 발걸음을 고마워하고 담배 한 대라도 권해 주는 여인은 아름답다. 찾아 든 황화荒貨 장수의 물건 값을 야박하게 깎지 않는 여인은 아름답다.

주인과 이야기하고 있는 방안을, 두어 번 헛기침으로 달빛처럼 들어와 정갈한 술상을 놓을 때, 여인은 아름답다. 청주 한 홉쯤의 주량으로 주도酒道에 밝은 여인은 더욱 아름답다.

한켠의 잘못을 어머니처럼 너그럽게 매만져주는 여인은 아름답다. 내외간의 파란波瀾이란 칼로 물 베기라 돌아서며 풀리는 여인은 아름답다. 여권신장론을 웅변아닌 반웃음·반교태로 말할 때 여인은 아름답다.

월급봉투의 공제액을 따지지 않고 언제나 대견하게 받아 안는 여인은 아름답다. 계모임을 갖되 차례가 돌아와 타는 목돈이 오백만 원 이하의 것일 때, 그 여인은 아름답다. 이웃간에 돈을 빌려 주고 이자를 챙기는 여인을 멀리하는 여인은 아름답다.

양장洋裝보다는 고전古典에 애착을 보일 때, 여인은 아름답다. 주인의 방안옷을 가름해 주며, 옷품과 치수의 맞고 안 맞음을 웃음으로 말하여 주는 여인은 아름답다. 계절의 미각을 담은 시장바구니를 손에 든 여인은 아름답다.

발 앞에 놓인 책을 조용히 집어 비껴 놓고 사뿐히 내어 미는 발을 보일 때, 여인은 아름답다. 저녁 후, 남매의 공부 시간을 뜨개질로 보내면서, 이 오래 전에 안톤 시나크의 수필 「우리를 슬프게 하는 것들」이 교과서에 실려 있었다. 청소년들이 좋아하는 글이었는데, 슬픈 감정을 심어 주기도 하였다. 피천득의 수필 「내가 사랑하는 생활」도 명문이다. 두 글은 사람을 슬프게 하는 것들과 사랑하는 생활의 아름다운 모습을 병풍처럼 보여주는 공통점이 있다. 온갖 물건을 보여주는 백화점 진열장처럼, 인생의 슬픔과 기쁨을 주어섬기는 글은 감동을 자아내고 흥미도 북돋아 준다.

「여인이 아름다울 때」는 아름다운 여인의 아름다운 모습만을 그린다. 아름다운 마음이 없으면, 아름다움을 느끼지 못한다. 신이 창조한 사물 가운데 여인은 가장 아름다운 존재다. 아름다운 여인을 찬탄하기는 쉬워도 정작 여인의 아름다움을 찾아내고 글로 쓰는 일은 쉽지 않다.

아름다운 여인은 일찍 일어나 일을 하고, 유행을 좇지 않고, 독서하고 붓을 잡기도 하고, 야박하게 물건값을 깎지 않고, 주도를 알고 있고, 돈타령을 하지 않고, 자녀의 선생노릇을 하는 주부다. 이 글은 주부예

찬론이다. 서두에 케케한 얘기면 읽지 말라고 무례한 선언을 했지만, 여권신장론자라도 감격할 글이다. 여성미를 찬미할 줄 모르는, 못난 남정네는 이 작가에게 크게 고마워 할 것이다.

최승범은 한국수필문학의 역사와 이론을 정립하였을 뿐 아니라, 실제 수필작품집이 열 권이 넘는다. 그리고 시조문단의 원로로 망팔질望八耋 춘추에도 저작활동이 왕성하다. 그의 글은 자장면 냄새가 없고 버터와 치즈 냄새가 나지 않는다. 조선 된장 냄새가 구수하다. 고하의 산문은 격이 높다. 그는 고아하고 유려한 한국 산문문체의 일가를 이룩하였다. 고하는 40년 동안 240권의 『전북문학』을 간행하여, 지방 수필문단에 공헌하고 있다.

『전북문학』 제233호

『문예』 (1950. 1)

隨　筆

『현대문학』 (1950. 3)
　—글씨 손재형

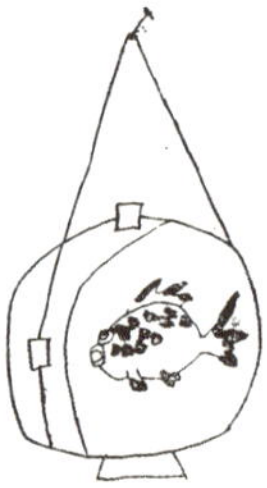

『문예』 (1949. 9)

『문예』 (1949. 9)
　—그림 김환기

『신동아』 (1971. 9)

『문예』 (1949. 10)
　—그림 백영수

『세대』 (1964. 8)

『문예』 (1949. 2)
　—그림 백영수

『연극』 (1965. 10)
　—그림 송대현

『현대』 (1957. 11)

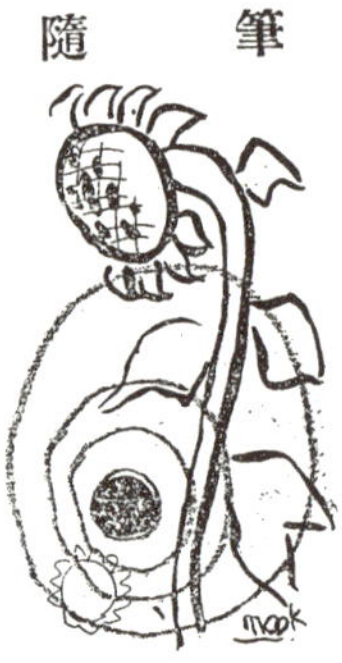

『예술집단』 (1953. 7)
　—그림 한묵

〈수필〉

『다리』 (1971. 11)
　—그림 박설수

『세대』(1964. 8)

『학풍』(1949. 7)

『문학춘추』(1964. 4)
—그림 천경자

『펜』(1955. 2)

『한월계』(1966. 7)
—그림 이일령

『문예』(1949. 12)
—그림 백영수

『현대문학』(1955. 1)
—그림 이준

『녹원』(1975. 2)
—그림 김종원

『문장』(1939. 5)
—그림 김용준

『신문학』(1953. 5)
—그림 천백원

『학풍』(1948. 11)
—그림 김용준

『문예』(1949. 12)
—그림 백영수

양주동 『인생잡기』(1962)

조윤제 『도남잡식』(1964)

이희승 『벙어리 냉가슴』(1956)

해학(諧謔)

박태원 「잡설雜說」

차주환 「정년停年 3계三戒」

정진곤 「짜장면」

한승헌 「나이」

손광성 「문간방 사람」

공덕룡 「담배 안 끊는다」

박홍민 편 해학수필집 『색염필』(1964)

 월남 싸움터에 나간 아들놈이 뜬금없이 집 마당 복판에 나타나서, "어머니!"하고 외친다. 어머니는 버선발로 달려 내려가 아들을 안고 대성통곡을 하고, 며느리는 부엌에 숨어서 행주치마 끝으로 눈물을 훔친다. 어머니는 저승에 다녀온 아들을 다시 보게 되었고, 아내는 사나운 팔자를 면하였다. 시어머니와 며느리는 자식과 남편을 얼싸안고, 덩실덩실 춤을 추어야 할 터인데, 꼭 누가 죽은 초상마당이 벌어진다. 웃어야 할 자리에서 우는 이런 시어머니와 며느리가 우리 주위에 많고 쌨다.

50년 만에 만난 고아형제는 귀가 없으면 입이 하나가 될 만큼 웃어야 할텐데, 눈물이 말라서 목메어 운다. 큰 상을 받은 여가수는 우느라고 말을 못 하고, 금메달을 딴 레슬링 선수는 큰 몸집에 어울리지 않게 닭똥 같은 눈물을 흘린다. 올림픽 여자 핸드볼팀은 금메달을 알리는 호루라기 소리가 울리자, 기다렸다는 듯이 한데 모여 어깨동무를 하고 울고 불고 생야단이다. 우는 일에 이골이 나고 보니, 온 세상을 눈물로 먹칠한다. 여름날 매미가 울고 가을날 기러기도 울어예고 엄동설한 문풍지도 운다고 한다. 너무 좋고 즐거워서 우니까 너무 괴롭고 슬퍼서 웃는 일은 요상한 일이 아니다.

대원군이 쳐놓은 싸리나무 커튼이 뚫리자 서양사람들이 들어오기 비롯하였다. 성경을 끼고 선교사들도 들어왔는데, 우리 여인네들이 더러 목사님의 집 일을 도왔다. 하루는 가정부가 주인장에게 입술만 빈죽거

박연구 편
한국 유머 수필 58선
『바보들의 천국』
(1984)

릴 뿐, 무슨 말을 하려다 말려다 하였다. 주인이 하 답답하여 다그치니까, 가정부는 나오는 웃음을 손으로 가리며, "어머님이 돌아가셔서 시골에 다녀와야겠습니다" 하고 아뢰었다. 파란 눈의 사나이는 빅 앵그리 하였다. 부모가 세상을 떠났는데 써던 스마일을 짓는 야만인이라고 꾸짖었다. 원수도 아닌 여인은 하물며 목사님한테 뺨을 얻어맞았다.

그 선교사는 멀리 계시는 하느님은 알았으나, 가까이 있는 한국인의 심성은 알지 못하고 웃는 낯에 침을 뱉었다. 사람이 죽어도 웃는 판에, 하찮은 일이야 울고불고 할 일이 없다. 네거리 복판, 얼음판에 엉덩방아를 찧은 아가씨는 뭇 사람이 웃거나말거나 제가 먼저 웃는다. 시아버지 코 앞에 밥상을 엎은 며느리도 나중에 보따리를 쌀 망정 쌩긋이 웃고 본다. 로또복권 끝수 하나가 안 맞아 10억 원을 놓친 사나이는 기가 막혀서 웃고, 페널티 킥을 넣지 못한 축구스타도 씩 웃는다. 심지어, 사형 언도를 받는 순간에도 죄수는 재판관을 흘기며 석굴암 부처님도 흉내 낼 수 없는 미소를 짓는다.

우리나라 사람은 울어야 할 때 웃고 웃어야 할 때 운다. 너무 좋아서 울고 너무 슬퍼서 웃는다. 웃음은 울음과 같이 살고 울음은 웃음을 데리고 산다. '우리 할매 웃으나 우나 매한가지다.' 어찌보면 제어장치가 뒤틀린 듯하지만 한국인은 웃음과 울음을 같은 감정으로 여긴다. 우는 것이 웃는 것이고 웃는 것이 우는 것이다. 세상만사 새옹지마다.

웃음과 울음, 행복과 불행, 희극과 비극은 따로 있지 않고 같이 있다.

인간 감정의 맨 위에 있는 웃음과 울음을 하나로 본 한국인의 삶의 지혜는 바다보다 깊고 산보다 높다고 해야겠다. 그런데, 놀랍게도 그 인생의 진리가 이미 우리말에 뿌리를 두고 있다.

'웃다'에서 시옷을 버리고 '울다'에서 리을을 떼어내면 '우다'가 된다. '우다'에 뿌리를 두고 웃음과 울음이 태어났다. 우다는 울다와 웃다를 아우르는 말이다. 한 낱말이 인간의 극한 감정을 같이 지니고 있는 단어는 세계에 유례가 없다. '우다'의 골계미와 비장미가 한국 웃음의 본질이며 특성이다.

한국인의 웃음이 울음과 웃음을 함께 지니고 있다 하더라도, 막상 우리 웃음의 본 얼굴을 찾기는 꽤 어려운 일이다. 우리만 그런게 아니고, 온 세상 사람들이 서로 웃고 익살을 부리지만, 어느 누구도 웃음이라는 인간의 서정을 너나없이 공감할 만큼 말하지 못한다. 그저 서로 웃는 웃음, 비꼬는 웃음, 시치미떼는 웃음, 재치 있는 웃음을 한 마디로 익살이라 말하는데, 이 익살에 관한 그럴듯한 학설은 무려 100가지가 넘는다. 어떤 학자는 아예 '웃음에 대하여 정의를 내리지 않는 것이 가장 정확한 정의다'고 웃기기도 한다.

한국의 근대수필에 나타나 있는 웃음을 살펴보는 일도 쉬운 일이 아니다. 웃음을 연구한다고 짜증을 낸다면 그것은 웃음의 세계와 거리가 멀다. 어디에나 무모한 선구자가 있는 법이다. 1900년대 초에 여러 가지 우스개책이 나오는데, 그 중에 『소천소지笑天笑地』를 지은 선우 일鮮于

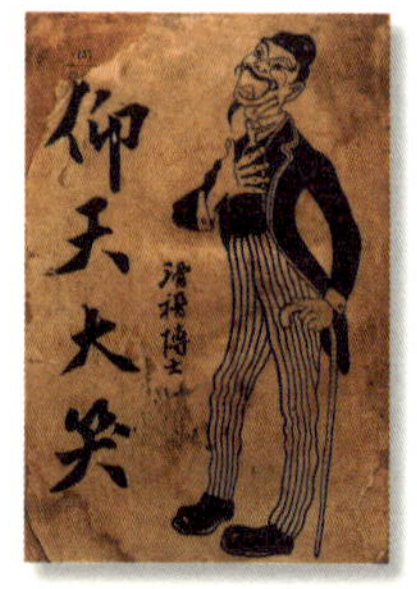

선우 일 『앙천대소』
(1913)

日은 책의 부제를 '골계박사'라 자칭하고 웃음의 갈래를 나눠 보았다.

즐거워서 웃는 상정常情의 웃음, 울적하면서도 웃는 반정反情의 웃음, 사람마다 다르게 웃는 이정異情의 웃음, 남이 웃으니 자기도 따라 웃는 동정同情의 웃음이 있다고 하였다. 그리고 유정有情의 웃음은 잘못하면 벌을 받게 된다면서, 반일反日 감정을 내비치며 반정反情의 웃음을 웃자고 주장하였다. 웃음을 다섯 갈래로 나눠 놓은 이 학설은 한국 최초의 골계이론이라 하겠다(조동일 글 참조).

사물에 대하여 따지기로 이골이 난 서양사람들도, 저 아리스토텔레스, 플라톤 이후 베르그송, 프라이에 이르기까지, 오랫동안 씨름을 하고 있는 문제가 바로 사람의 웃음의 본질을 알아내는 일이었다. 한국에서도 골계의 본질을 천착하는 이론 연구가 활발하고 골계작품을 창조하는 실제적 노력과 성과가 있었다. 한국의 골계이론을 정립하고 문학 작품에 나타난 골계미를 탐구하고 분석하고 평가하는 작업은 매우 어려운 미래의 과제라 하겠다. 어쩌면 인간이 창조한 모든 주장이나 이론은 미완성의 운명을 타고 났는지 모른다.

3·1만세를 부르고 한 십 년이 되면, 우리 문학이 제법 활기를 띤다. 총독의 눈치를 살피자니 조심스럽기는 하나, 작품의 창작과 문학 이론의 연구가 왕성해진다. 문인 인구가 늘어나고 잡지, 신문의 발행이 문학활동의 장을 넓혔던 것이다. 이때 수필문학의 이론에 관한 논의가 시작되고, 수필의 골계성이 대두된다.

시인들이 먼저 수필론을 쓰는데 김기림金起林과 김광섭金珖燮 등이다. 이들은 짧은 이론을 펼치는 가운데 약속이나 한 듯이 수필의 해학성을 강조한다. 김기림은 '향기 높은 유머와 보석과 같이 빛나는 위트와 대리석같이 찬 이성과 아름다운 논리와 문명과 인생에 대한 찌르는 듯한 아이러니와 패러독스와 그러한 것들이 짜내는 수필의 독특한 맛이 이 시대의 문학의 처녀지가 아닐까 한다'고 했다. 김광섭은 '천성스런 유머와 보석 같은 위트는 수필의 본성' 같은 요소라고 주장한다. 매우 놀라운 발언이라 하겠다.

특히 김광섭의 「수필문학소고」는 짧은 글이지만, 수필의 본질을 간명하게 구명한 명문으로, 지금까지 교과서적 구실을 하고 있다. 해학소설을 써야 한다거나 해학시편을 지어야 한다는 말을 한 비평가는 없고, 수필 문장에 웃음이 있어야 한다고 주장한 여기에 수필의 특질이 있다고 하겠다.

개성이 없는 문체, 무미건조한 이야기, 신변잡기의 나열이거나 설교나 설법을 일삼는 글은 독자를 거느릴 수 없다. 소설처럼 큰 사건이 없고 시처럼 심금을 울려주지 못하는 수필은 소설과 시와 희곡이 못가진 수필자체의 특질과 매력이 있어야 한다. 소재든 문체든 사상이든 이것들이 수필 문장 속에서 웃음으로 재치로 가끔 익살을 부릴 때 수필이 재미있는 글이 된다. 글은 먼저 흥미가 있어야 한다.

김기림은 이미 60여년 전에 골계수필의 창작 영역이 앞으로 일궈야

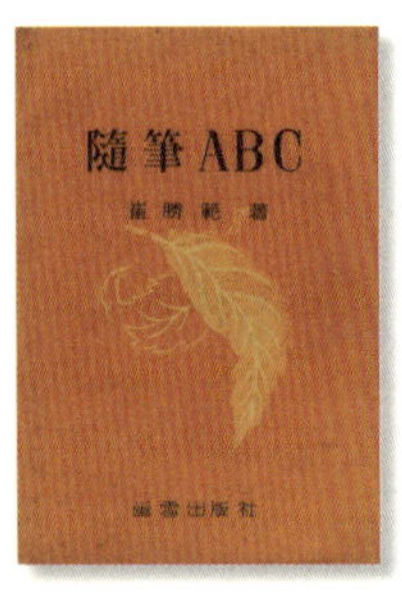

최승범 『수필 ABC』
(1965)

할 '처녀지'라고 말했다. 그 이후 한국의 수필은 미지의 세계를 개척하기 위하여 애써 왔다. 최승범은 1965년 최초로 수필이론서인 『수필 ABC』를 출간하였고, 그 이후 수필창작과 더불어 수필론저가 많이 나타나는데, 어떤 저서든 수필의 골계성을 중요하게 다루고 있다.

수필의 골계이론과 더불어 골계수필의 가작들도 많이 등장하여, 박연구朴演九는 1984년 한국유머수필 58선 『바보들의 천국』을 출간한다. 오늘의 수필문단은 그 이론이나 작품의 질적 양적 전성기를 누리고 있고 즐거움을 주는 해학수필도 창작의 한 영역이 되고 있다.

갑오경장 이후 신문학시대의 모든 문인과 논객들은 한문투의 무거운 수필들을 많이 쓴다. 나라가 사라지는 데 할 말이 들끓는다. 부드러운 웃음이 있을 수 없고 사나운 웃음이 판을 친다. 거칠고 사나운 수필은 고발문학, 반항문학이지 풍자문학은 아니다. 대상에 대한 고발과 야유가 해학과 융합되어야 골계문학이 될 수 있기 때문이다. 30년대에 들어, 박태원과 이상이 골계수필을 쓰고 김상용金尙鎔의 『무하 선생 방랑기』가 나타난다. 이는 특이한 장편 골계수필집이다.

광복 후 대학교수들이 골계수필을 선보인다. 변영로卞榮魯, 양주동梁柱東, 이희승李熙昇이 쓴 「백주에 소를 타고」「웃음설」「오척단구」는 해학수필의 가작들이다. 공자맹자의 엄숙한 세례를 받은 이들이 대낮에 발가벗고 거리를 활보하고, 과장한 익살을 부리기도 하고, 자기의 작은 키를 논리정연하게 변명하기도 한다. 이들은 소재자체가 웃음을 발산하

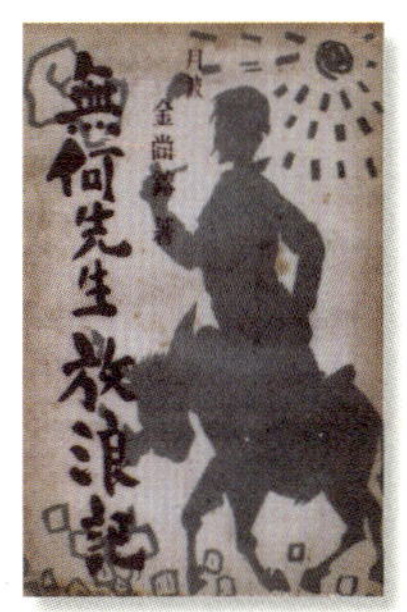

김상용 『무하 선생 방랑기』
(1950)

변영로 『명정 40년』
(1953)

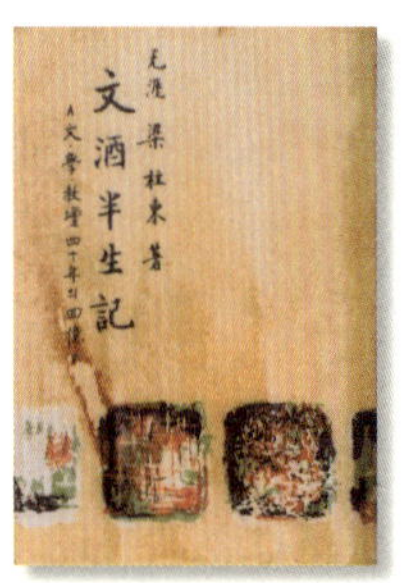

양주동 『문주반세기』
(1960)

이희승 『먹추의 말참견』
(1975)

는 해학수필이라 하겠다. 그러나 이들 작품은 차원 높은 해학수필과는 거리가 있다.

해학수필이라지만, 있는 웃음을 써놓은 글이 있고 웃음을 찾아서 쓴 글이 있다. 전자의 웃음을 객관적 골계라 한다면 후자의 웃음을 주관적 골계라 한다. 있는 웃음을 소재로 한 글은 쓰기 쉽고 만든 웃음의 글은 쓰기가 어렵다. 발견한 웃음, 창조한 웃음을 소재로 한 수필이 진정한 해학수필이다.

단순한 우스갯 얘기, 익살스러운 말재간만으로 빼어난 해학수필을 쓸 수 없다. 작가의 작위적인 의도가 숨어 있으면서, 평범한 소재에서 웃음을 찾아내고 자연스러운 문장으로 독자로 하여금 미소를 자아내는 수필이 정통 해학수필이다. 진정한 해학수필의 출현은 매우 반가운 현상이다. 피천득, 공덕룡, 한승헌 등이 한국해학수필의 새로운 영역을 개척하고 있다 하겠다.

다음 수필은 골계수필 가운데 해학수필 몇 편을 예시한 글이다. 먼저 60년 전의 글 구보丘甫 박태원朴泰遠의 「잡설」을 보기로 한다.

도하都下에 한 관상자觀相子 있어 일찌기 내 상을 보고 이르되,

"면사귤피面似橘皮하니 득자필만得子必晩이라."

하였더라.

내 상모狀貌를 가리켜 귤피와 흡사하다함은, 그러나 그의 발명한 배 아니

요, 이미 십 수년 전 중학시절에 일 악우—惡友가 나를 별명지어 부르되 Orange라 함에 비롯하였으니, 이는 대개, 내 변성기에 있어 면상에 창궐猖獗하던 여다넘女多淰이 종시 그 흔적을 그대로 남겨두어, 그 들고 나고 한 형상이, 마치 천체 망원경으로 관측한 월세계의 표면과 방불하다 이름이라.

이는 내 스스로도 그러히 여기는 바로, 그렇길래 내 급笈을 부負하고 멀리 강호江戶에 놀새, 회화를 지도하던 영국부인에게 자기소개를 함에 있어,

"……여余는 두 개의 별명을 소유하니, 일은 Racket이라, 이는 대개 여의 면모가 장구長久함으로부터 좇아 온 것이요, 타는 Orange니, 이는 실로 여의 면상에 다수한 여다넘이 존재한 소이로다."

하였거니와 미차혜美且慧한 나의 은사는, 이윽히 내 말을 듣고 나더니, 문득 완이이소莞爾而笑하고 이르되,

"무릇 Orange라 일컫는 실과는 그 껍질이 비록 추하나 그 맛이 상賞줄 만하니 그대의 상모狀貌 얼른 보기에 비록 심히 아름답지는 않으나, 내 족히 그대의 군자됨을 알겠노라."

하니, 이는 대개 그의 가장 꾸밈없는 감상이더라.

이래 십년 내 한결같이 성현의 가르치심을 본받아 덕을 닦고 배흠을 힘씀이 오직 실적은 없이 이름만 헛되히 전할까 저허함이러니, 뉘 능히 뜻하였으리오, 상모 귤피狀貌橘皮와 같음은 겸하여 득자得子의 필만必晩할 것을 알겠노라 하니, 인인군자仁人君子됨이 또한 어려웁도다.

그러나 이미 하늘이 정하신 바를 내 감히 누구를 원망하고 누구를 허물하

김윤식 편
『해금수필 61편 선집』
(1989)

리오. 내 실인室人이 연달아 두 번 딸을 낳으며 아직 아들은 없으되, 내 그를 죄주지 않고 더욱 인격연마에만 전심하니, 비록 그 소문이 밖에 들리어 인근이 모두 내 덕을 일컫는 것은 아니로되, 실인의 나를 경모함이 날로 더하여 시끄러웁고 어지러운 소리 이웃에 들리지 않으니, 이는 본래 어진 선비의 가풍일지라.

그러나 내 비록 저를 죄주지 않으나, 제 어찌 스스로 마음에 떳떳할 것이랴. 실인이 가만히 분발한 바 있어, 이에 세 번째 회잉懷孕하니, 비록 태아의 남녀를 미리 변단辨斷할 도리 없으나 그 뜻만은 장하도다.

소문이 한 번 밖에 들리매 우선 여천黎泉 선생이 예단하되, 필시 또 여아이리라 하니, 이는 대개 그가 슬하에 딸만 삼형제를 두어 매양 영규令閨와 더불어 후사를 염려하는 나머지에 은근히 내 복을 시기함이니, 덕이 박한 이의 상정이거니와 회남공懷南公은 이르되, 이번에는 한 번 아들을 나보슈 하니, 말은 비록 귀에 달가우나 뜻은 또한 그렇지 못하여, 여천 선생의 삼녀, 구보자仇甫子의 이녀에 비겨 공은 실로 이자二子를 두었음에 스스로 교기驕氣를 금치 못함이라.

그러나 사람의 귀천이 오로지 현우賢愚에 있고 남녀에 있음이 아니니, 외우제공畏友諸公이 비록 어지러이 논의하나 개의치 말고, 내 실인은 오로지 태아를 위하여 덕을 쌓으라.

중학교 국어시간에 졸지 않은 독자라면, 「잡설」을 읽고 친근미를 느낄 것이다. 이 수필의 글투는 이미 사라진 조선조 내간체를 되살려서, 구성진 말결로 해학미 넘치는 즐거움을 준다. 만일, 옛글의 호응관계를 이루고 있는 '― 이르되, ― 하였더라', '이는 대개 ― 이름이라'를 '― 말하되, ― 하였다', '이것은 일반적으로 ― 지칭한다'로 바꿔 보면, 문체가 발산하는 흥미는 없어질 것이다.

옛 우리 말투에 케케묵은 한문투가 끼어들어 가끔 익살을 부린다. '극성을 부리는 여드름'보다 '창궐하는 여다념'은 흥미롭고, '책상자를 지고 일본에 유학을 갔다'를 '급을 부하고 강호에 놀새'라니, 마치 판소리 가락을 듣는 듯 웃음이 절로 난다.

해학적 문체로 다룬 사건도 구경감이다. 딸만 낳는 작가와 처와 이웃 친구간에 벌어지는 웃음판이다. 딸부잣집 남편은 산중産中인 처를 달래기도 하고 원망하기도 하고 가정의 행복을 시샘하는 친구들을 비꼬기도 하고 웃기기도 한다. 이 글은 해학적 문체로 해학적 사건을 해학적으로 그린 해학수필이다.

박태원은 『문장』지에 두 편의 「잡설」을 선보인다. 그는 조선조 내간체 문장을 익히고, 『삼국지』를 번역한 한문대가이고, 『천변풍경』을 쓴 대작가다. 해방 후, 평양에 가서도 맹인의 몸으로 대하소설 『동학농민전쟁』을 쓴다. 이런 글재주를 갖춘 구보가 색다른 해학수필을 남겨 놓은 일은 매우 다행스러운 일이다.

늙고 병이 들면 인생의 웃음을 잃어버리는가. 그렇지 않다. 차주환車

박태원 『천변풍경』
(1947)

柱環(1921~)의 「정년停年 삼계三戒」는 노년의 괴로움과 슬픔을 웃음으로
어루만지는 삶의 지혜가 묻어 있다.

차주환 『세월을 다듬으며』
(1994)

세월이 가면 나이를 먹게 마련이고, 나이를 먹어가다 보면 정년이 되어
직장에서 물러나게도 되는 것이다. 그러니 정년퇴직이란 사실상 극히 자
연스럽고 당연한 일이다. 다만 정년퇴직을 하고 나면 생활에 많은 변화가
생기기 때문에, 그러한 변화에 대응할 준비는 어느 정도 갖추어둘 필요가
있을 것 같다.

사실 나는 정년퇴직을 앞으로 2개월밖에 남겨놓지 않고 있는 형편이니,
그 동안에 준비를 해본다 해야 대단한 준비가 될 것 같지는 않다. 그 동안
에 혹 준비한 게 있다고 하면, 나보다 먼저 정년 퇴직한 선배들한테서 경
험담을 듣고, 정년 후의 상황을 대강이나마 알게 된 정도일 것이다. 나는
평생을 대학에서 교직을 맡고 있던 사람이기 때문에, 내가 아는 정년 퇴직
한 선배라 하더라도 거의 다 대학에서 교직생활을 하던 분들이다. 이분들
한테서 공통적으로 알아볼 수 있는 상황은 정년 전에 비해 여러모로 많이
위축되어 있다는 점이다. 정년 후라 해서 사람이 위축되라는 법은 없지만,
정년 후의 생활의 변화가 그것으로 인해 위축되지 않도록 대응해 나가기
에는 지나치게 심해서, 그런 상황을 자아내게 되는 것이라 생각된다.

내가 비교적 자주 접촉하는 정년 선배 중에서 조 박사는 성격이 활달하
고 솔직한데, 한번은 정년이 박두한 후배인 나를 위해 정년 후에 지켜야

할 세 가지 계율을 일러주는 친절을 베풀었다.

조 박사는 명문대학에서 30여 년 동안 경제학을 담당해오다가 3년 전에 정년퇴임한 학자인데, 퇴임 후에도 한두 대학에서 강의를 맡고 있다. 한 대학은 서울에 있어서 자택에서 출강할 수 있지만, 정년퇴직했다는 이유만으로 평가절하되어서 정년 전 대우의 3분의 1정도밖에 안 되는 보수를 받고 있다. 수학 중의 자녀들도 있고 해서 지출은 줄지 않는데, 수입이 줄어들어 그것을 보충할 방도가 마련되어야 했다. 먼 지방에 있는 한 대학에서 특강을 청해왔는데 대우가 괜찮아서 매주 1회씩 비행기편으로 출장강의를 한다. 미국 같은 데는 비행기편으로 출퇴근을 하는 사람까지도 있다고는 하지만, 70에 손이 닿는 나이에 매주 비행기로 출장강의를 한다는 것은 여하튼간에 고달픈 일이다. 그러한 어간에 또 지켜야 할 계율이 세 가지나 있다고 하니, 정년인생의 고달픔이 심상치 않음을 일깨워주는 듯하다.

첫째 계율은, 원고 청탁이 오면 절대로 거절하면 안 된다는 것이다. 해달라는 강연을 다 나서서 해주고 써달라는 원고를 다 써주다 보면 교수노릇을 제대로 해내기는 힘든다. 그래서 대부분의 경우 강연의뢰나 원고청탁이 오면 이런저런 핑계를 대고 사절하는 것이 보통이다. 그러나 일단 정년퇴직을 하고 나면 사정이 달라져서 한두 번 거절하고 나면, 그만 완전히 잊어버려져서 이 세상에 없는 사람이 되어버린다는 것이다. 물론 전공하는 학문과의 관계가 있으므로 강연 의뢰나 원고 청탁이 모든 교수에게 다 오는 것이 아니지만, 정년 퇴직 후에는 전에 안 하던 사람도 자진해서 기회를 만들어 강연도 하고 글도 써내야 평가절하된 위치나마 유지된다는 이야기가 되는 것이다.

둘째 계율은, 다소 비참한 느낌을 갖게 한다. 정년 이후에는 몸이 아프더라도 집에서 혼자 앓고 있지, 절대로 남에게 몸 아픈 이야기를 하지 말라는 것이다. 남에게 그런 말을 하면, 이미 끝장난 것으로 알고 쓸모 없는 존재로 처리해 버릴 위험성이 있다는 것이다. 정년 후 평가절하된 일자리도 일 년 계약자리가 대부분이어서 그나마 잘려버릴 우려가 있다는 것이다. 미국 노인들이 늙었다는 말을 입 밖에 내지 않고 근력 좋고 정신이 말짱한 것같이 구는 것을 보고 무엇인가 덜떨어진 듯한 인상을 받았었는데, 이제 그 작풍이 한국에까지 상륙한 것 같다.

마지막 계율도 둘째 것과 비슷한 성격의 것이다. 어떠한 상황에서도 절대로 지팡이를 짚고 다니지 말라는 것이다. 폐물로 간주되기가 일쑤라는 설명이다. 젊은 사람들까지도 멋으로 단장을 짚고 다니던 시대도 있었는데, 세월이 바뀌는 데 따라 물정도 바뀌어버린 셈이다.

구두 닦는 소년은 정년停年이 없다. 그 일을 제멋대로 고만 두는 해가 정년이다. 제 번 돈 제 호주머니에 집어넣는 직업은 인생을 다하는 해가 정년이다. 그러니까 일하고 녹을 타서 사는 직장인만이 정년이 있다. 너무 오래 애썼으니 이제 편히 쉬라는 염라대왕의 베풀음이다. 그러나 안식일을 맞은 분들 대개는 정년을 오랫만의 고마운 은혜로 받아들이지 않고, 인생이 거의 끝장난 것으로 여긴다. 호칭부터가 달갑지 않다. 정停년이라고 하기도 하고 정定년이라고 말하기도 한다.

풀어보면 停년은 세월이 정지되었다는 뜻이고 定년은 정해놓은 해라는 말씀이다. 停년은 마치 고려장을 하는 해라는 인상을 준다. 조숙한 노인이 아니고는, 停년이든 定년이든 이걸 기쁜 마음으로 받아들이지 않는다. 젊은이와 축구시합을 해보자는 노인장도 더러 계시지만······.

정년을 노루꼬리만큼 남겨놓은 작가는 허무한 인생을 한탄하는 기색이 없으니, 우선 우습지 않을 수 없다. 오히려, 정년 선배에게 늦게나마 정년인생을 배우겠다니, 보통 익살이 아니다. 인생의 황혼에 이르러 세상 욕심 다 버리고 조용히 살려는 뜻이 없다. 오히려 늙은이의 세 가지 계율을 엄수하여야 천수만복을 누린다고 여긴다.

누구나 겪는 노년의 비애와 생활전선에 출정하는 늙은이의 거동을 나타낸 이 수필은 울음과 웃음의 이중주 연주를 듣는 듯하다. 웃음 속에 울음을 감춰두고 감상感傷을 치워버리고, 토씨 한자 더 보태거나 뺄 수 없는 이 해학수필을 쓴 분은 정년을 백 살쯤으로 해도 괜찮겠다.

차주환은 평생 동안 학문에 정진한 대학자다. 몇 권의 한국과 중국철학서가 있으며, 『중국시론』을 출간하고 세 권의 수필집을 간행하였다. 수필은 이런 분도 쓰고 싶어 하는 글이다.

정진권鄭震權(1935~)의 「짜장면」은 제명부터가 우습다. 자장면이 글감이 된다.

정진권 『한국인의 향수』
(1979)

짜장면은 좀 침침한 작은 중국집에서 먹어야 맛이 난다.

그 방은 퍽 좁아야 하고, 될 수 있는 한 깨끗지 못해야 하고, 칸막이에는 콩알만한 구멍이 몇 개 뚫려 있어야 어울린다.

식탁은 널판으로 아무렇게나 만든 앉은방이어야 하고, 그 위엔 담뱃불에 탄 자죽이 검게 또렷하게 무수히 산재해 있어야 정이 간다.

고추가루 그릇은 약간의 먼지가 끼여 있는 게 좋고, 금이 갔거나 다소 깨져 있다면 더욱 운치가 있다. 그리고 그 안에 담긴 고춧가루는 누렇고 굵고 억센 것이어야 한다. 촛병에도 다소 때가 끼여 있어야 가벼운 마음으로 손을 댈 수 있다.

방석도 때에 절어 윤이 날 듯하고 손으로 잡으면 단번에 쩍하고 달라 붙을 것 같은 것이어야 앉기에 편하다.

짜장면 그릇의 원형原形이 어떤 것인지에 대해선 알아본 바 없으나, 가장 흔한 것은 희고 납짝한 것에 테가 두어 줄 그어 있는 것인 듯한데, 할 수 있으면 거무스레하고 거기다 한두 군데 이가 빠져 있는 게 좋다.

그리고 그 집 주인은 뚱뚱해야 한다. 머리엔 한 번도 기름을 바른 일이 없고 인심 좋은 얼굴엔 개기름이 번들거리며, 깨끗지 못한 손은 소두솥뚜껑만하고 신발은 여름이라도 털신이어야 좋다. 나는 그가 검은 색의 중국 옷을 입고, 그 옷은 때에 전 것이기를 바라지만, 지금은 그런 옷을 찾기 어려우니 낡은 스웨터로 참아 두자. 어린 나를 귀여워 해 주던, 내 고향의 짱꿰는 스웨터가 아니었는데…… 하여간 이런 주인에게 돈을 치르고 나오면 언제나 마음이 평안해서 좋다.

내가 어려서 최초로 대면한 중국 음식이 짜장면이었고, 내가 처음 가 본 내 고향의 중국집이 그런 집이었고, 이따금 흑설탕을 한 봉지씩 싸주며 "이거 먹어해, 헤헤헤"하던 그 집 주인이 그런 사람이어서, 나는 중국집이나 중국 사람은 다 그런 줄로만 알고 컸다.

스무 살 때던가, 서울에 처음 왔을 때도 나는 짜장면을 잘 사 먹었는데, 그 그릇이나 맛, 그 방안의 풍경과 분위기는 말할 것도 없고, 비록 흑설탕은 싸주지 않으나 그 주인의 모습까지도 내 고향의 짜장면, 그 중국집, 그 짱꿰와 다르지 않았던 것을 기억한다. 해서 내가 처음으로 으리으리한 중국집을 보았을 때, 그리고 엄청난 중국 요리 앞에 앉았을 때, 나는 그것들이 온통 가짜처럼 보였고, 겁이 났고 괜히 왔구나 했다.

서울 시골 할 것 없이 음식점은 많이도 불어났다. 한식, 중국식, 일본식, 서양식, 또 무슨 식이 있는지 모른다. 값이 비싼 곳도 있고, 보통이라는 데도 있고, 싼듯한 곳도 있다. 비싼 곳의 사정은 잘 모르지만 보통이란 데는 더러 가 보았다. 그러나 얻어먹을 때는 불안하고 내가 낼 땐 갈빗대가 휘어서, 그곳의 분위기와 그 음식 맛을 제대로 감상할 수 없음이 큰 흠이다.

그러므로, 내가 마음 놓고 갈 수 있는 곳은 그 싼 듯한 곳일 수밖에 없는데, 싸구려 한식은 집에서 늘 먹으니 갈 필요가 없고, 싸구려 왜倭·양식洋食에선 국적을 찾기가 어려우므로, 결국 내가 가는 곳은 위에 말한 그런 주인의 그런 중국집일 수밖에 없는 것이다. 국적 있는 왜·양식을 먹으려면 역시 불안하거나 갈빗대가 휠 것이다.

그러나 내 친애하는 짜장면 장수 여러분들도 자꾸만 집을 늘이고 수리하고 새 시설을 갖추는 모양이어서, 마음 편히 갈만한 곳이 줄어들까 걱정이다. 돈을 벌고 빌딩을 세우고 나보다 훌륭한 고객을 맞고 싶은 것이야 물론 그분들의 큰 소원이겠지만, 적어도 내가 사는 동네와 다니는 직장 근처에만은, 좁은 데다 깨끗지 못한 중국집과 내 어리던 날의 그 짱꿰 같은 뚱뚱한 주인이 오래오래 몇만 남아 있으면 한다. 세상이 아무리 변해도⋯⋯.

그러면, 나는 어느 일요일 저녁 때 호기 있게 내 아이들을 인솔하고 우리 동네 그 중국집에 갈 것이다. 아이들은 입술에다 볼에다 짜장면을 바르고 깔깔대며 맛있게 먹을 것이고, 나는 모처럼 유능한 아비일 수 있지 않겠나.

퇴근 길에 친구를 만나면, 나는 그의 어깨를 한 팔로 얼싸안고 그 중국집으로 선뜻 들어갈 것이다. 양파 조각에 짜장면을 묻혀 들고, "이 사람 어서 들어"하며 고량주 한 병을 맛있게 비운 다음, 좀 굳었지만 함께 짜장면을 나눌 것이다. 내 친구도 세상을 좁고 겁많게 사는 사람이니, 나를 보고 인정 있는 친구라고 할 것이 아닌가.

중국말로는 자장몐이다. 우리나라 사람들은 짜장면이라고 해야 감칠맛이 난다. 흔히 중국집은 재미있는 일이 벌어지는 장소가 되기도 한다.

이 글은 불 난 왕서방 집을 그리지 않고, 소탈한 중국음식점의 고색

창연한 방의 모양새와 배가 남산만한 주인을 익살스럽게 그리고 있다. 벽에 뚫려있는 콩알만한 구멍, 밥상 위에 담뱃불 자죽, 때가 전 방석, 이가 빠진 그릇이 웃음의 소재다. 이 집 주인은 뚱뚱한 짱꿰다.

흔히 말하기를 희극의 무대는 추해야 하고 인물은 지체가 낮아야 한다고 한다. 추한 중국집, 중국 사람이 경영하는 짜장면집은 웃음의 무대로 안성맞춤이고, 짱꿰와 단골손님까지도 희극의 등장인물로 제격이라 하겠다.

수필전문작가 정진권은 몇 편의 해학수필을 썼다. 그가 구사하는 사물에 대한 놀라운 착상, 소재를 꾸미는 능숙한 솜씨, 물이 흐르는 듯한 유려한 문체로 차원 높은 골계수필을 더 많이 쓴다면, 수필문단이 더 풍성해질 것이다.

정진권은 한국수필의 실제 창작분야에서나 이론정립의 분야에서나 왕성하게 활동하고 있다. 그 많은 작품이 한편도 타작駄作이 없다. 또 유려한 한시의 번역은 놀라운 경지에 있다. 많은 수필집과 한시번역서가 독자들을 즐겁게 하고 있다. 에세이 형식을 가미하여 고전을 풀이해서 수필의 영역을 넓힌다. 정진권은 어지러운 문단에서 수필문학의 바른 길을 앞장서 걸어가는 분이다.

한국낚시협회 회원들이 낸 수필집이 있다. 병원의 의사들이 문집을 낸다. 법조인들도 수상집을 더러 출간한다. 수필은 누구나 쓸 수 있다. 수필 쓴다고 시비 걸 사람은 없다. 한승헌韓勝憲(1934~)은 변호사다. 관직에

정진권 『에세이 중국고전』
(2006)

도 있었다. 이 변호사가 하루 아침에 해학수필가가 된다. 『책과인생』에 오래 연재한 수필가운데 「나이」한 편만 보아도 누구나 감탄하게 된다.

"연세가 어떻게 되십니까." 나이를 묻는 이런 질문은 반갑지가 않다. 그래서 이렇게 얼버무린다.

"태어난 지 하도 오래 된데다 해마다 그 숫자가 바뀌다 보니 잘 기억이 나지 않습니다." 다만 "몇 년 생입니까"라고 물으면 34년생이라고 간단하게 대답해준다.

20년 쯤 전 어느 신문 기자가 찾아와 인터뷰를 청하길래, "괄호 안에 나이를 만滿으로 쳐서 '49세'라고 써주면 인터뷰에 응할 것이고, 50세라고 쓴다면 안 하겠다"고 배짱을(?) 부렸다. 그 인터뷰 기사의 내 이름 아래 괄호 안에는 약속대로 (49)라고 찍혀 있었다.

50줄로 접어드는 것조차 겁이 나서 그런 궁한 소리를 했는데, 어느새 나는 70의 문턱을 넘었다. 그 사이에 회갑문집을 내고 축하모임을 열 때만 해도 늙는다는 생각을 밀쳐버릴 수 있었는데, 지금은 다르다.

건강하고 오래오래 살라는 인사를 받아도 고맙지가 않다. 더러 "건강하시죠?" 또는 "건강해 보이십니다"라고 누가 덕담을 겸해서 말하면, "예, 건강합니다. 다만 '아직은'이란 세 글자를 앞에 붙이고요"라고 대답한다. 사실 '무병'이라는 의미로는 아직 건강한 셈이다. "얼굴이 아주 좋아졌다"고 누가 말하면 "내 얼굴이 좋아진게 아니라. 당신 시력이 나빠진 모양"이

한승헌 『유머산책』
(2004)

라고 되받기도 한다.

7순이니 '고희古稀'이니 하는 이름어 붙는 '잔치'를 나는 단호히 거부했다. 삶의 노화를 시인하고 싶지 않았고, 노인 대접 받는 것도 싫었기 때문이다.

본시 '고희'란 말은 중국의 시성詩聖 두보杜甫의 '곡강이수曲江二首'에 나오는 '인생칠십고래희人生七十古來稀'에서 유래했다고 한다. 그때 사람들의 평균 수명은 50세 전후였다니까, 70은 그야말로 고래희古來稀였을 것이다. 실제로 두보가 그 시를 쓸 때의 나이도 47세였다고 한다.

따라서 한국인 남자의 평균 수명이 74세로 늘어난 지금에 와서 70을 '고희'라고 부르는 것은 말이 안 된다. 나보고 만수무강하게 장수할 체질이라고 누가 인사를 하면, 나는 말한다. "장수요? 사람이 너무 오래 살려고 과욕을 부리면 안됩니다. 나는 그저 아쉬운대로 90세까지만 살려고 합니다."

말은 우스개를 얹어서 그렇게 하지만, 나이에 합당한 처신을 하고자 조심하는 버릇이 몸에 배어간다. 이제는 상석에 앉거나 그밖의 어른 대접이 오히려 마음을 불편하게 한다. 행사나 모임이 끝나고 자리를 뜨거나 차를 탈 때도 한사코 먼저 나가라거나 차를 타라고 한다. 어쩔 수 없이 먼저 떠나면서 한마디 한다.

"그럼 망우리 가는 순서대로 내가 먼저 갑니다."

그러면 센스있는 후배가 위로성 언사를 던진다.

"인생은 선착순이 아닙니다."

내가 속해 있는 '법무법인 광장'에서는 올해 70세가 된 두 사람의 변호사를 위한 축하 모임을 열어주었다. 나는 인사말에서 이렇게 다짐했다.

"저는 여러분의 선배대접이나 받는 사람, 경로사상에만 의지하는 연장자가 되지 않도록 최선을 다하겠습니다."

젊은 녀석들은 버릇이 없다. 나이가 들면 자식이나 조강지처가 잘해준다고 해도 서운하기만 하다. 인생은 초로와 같고 허무하다. 노년에 이르러 나이 얘기를 쓴다면, 잘못 산 인생의 후회와 탄식을 늘어놓기 마련이다.

이 글의 제목은 「연세」나 「춘추」가 아니라 「나이」다. 이미 정신과 육체가 젊고 살아온 인생을 초탈하고 있다. 나이를 세면서 초조하지 않고 늘어나는 나이를 즐기고 있다. 곱게 늙는 이만이 지겨운 인생을 웃으면서 살 수가 있다. 나이 하나를 두고 이렇듯 익살을 부리기가 쉽지는 않다.

오십이지천명五十而知天命의 춘추도 달갑지가 않다. 기를 쓰고 40대에 매달린다. 알지도 못할 천명을 깨치면 무엇하겠는가. 연세를 물어오면 70세라고 하기가 싫어서, 34년생이라고 일러준다. 30대에 머물고 싶은 심정이다. 아쉬운 대로 90세까지 살고 싶다니, 욕심대로라면 삼천갑자 동방삭이를 이겨 먹고 싶다. 이 작가는 천성적 익살꾼이다.

우스개 얘기를 늘어놓는 해학수필은 쓰기가 쉽다. 찾아낸 웃음, 창조한 웃음을 작품화한 진정한 해학수필은 쓰기가 쉽지 않다. 한승헌은 빼어난 해학수필가다. 법조계에서 활동하고 있으나, 한국해학문학의 새로운 영역을 개척하고 있다. 연전에 출간한 해학수필집 「유머산책」은 우스운 글의 본질을 보여준다. 큰 울음을 울어본 자만이 큰 웃음을 웃는다. 한승헌은 남의 슬픔과 고통을 같이 괴로워한 사람이다. 그의 인생이 차원 높은 웃음의 산실이다.

웃으면 복이 온다. 웃음이 건강을 증진시킨다. 백발 노년을 즐기듯이 웬만한 가난은 웃음으로 맞아들일 수 있다. 일현一玄 손광성孫光成(1935~)의 수필 「문간방 사람」이 바로 그런 사람이다.

문간방에 사는 사람은 언제나 불안하다. 문간방 저쪽은 바로 한길이기 때문이다.

문간방에 사는 사람은 언제나 불면으로 괴로워한다. 밤에는 골목을 왕래하는 사람들의 발자국 소리에 일찍 잠들 수 없고, 아침에는 두부 장수의 요령 소리에 잠을 설친다. 그러다가 우유 배달부의 자전거 브레이크 소리에 그 빈약한 잠에서마저 결국 깨고 만다.

사람이면 누구나 참을성이 있어야겠지만 문간방에 사는 사람은 더 많은 참을성이 있어야 한다. 골목에서 들리는 여인네들의 수다떠는 소리도 참아야 하고, 마을 아이들의 소란과 아우성도 참아야 한다. 설사 야구공이

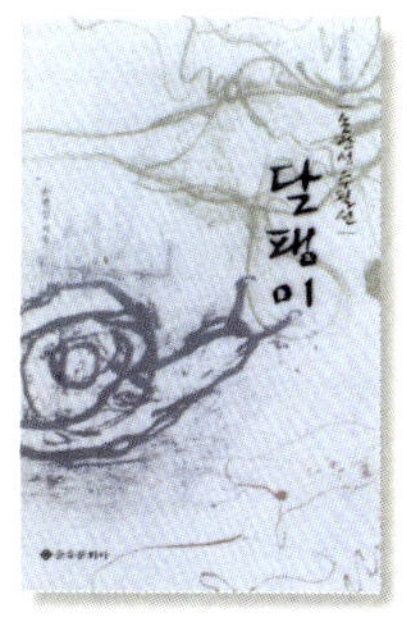

손광성 수필선 『달팽이』
(2005)

창문을 부수고 날아드는 이변이 생긴다 해도 참고 견딜 줄 알아야 한다.

대학 시절이었다. 친구와 함께 제기동 어떤 집 문간방에서 자취를 했는데, 벽을 사이에 둔 저쪽은 밤만 되면 공중변소였다. 물주전자의 뜨거운 물이 이마에 쏟아지는 꿈을 꾸다가 깨어 나면, 술이 취한 사람이 창문 밑에 대고 소피를 보는 중이었다. 일을 다 마칠 때까지 그는 계속 누구에겐가 욕설을 퍼붓고 있었다. 문간방에 살려면 이런 불쾌한 일이 설령 매일 밤 일어난다고 해도 웃어넘길 만한 아량이 있어야 한다.

도둑들도 문간방에 사는 사람을 우습게 여긴다. 눈을 멀겋게 뜨고 있어도 들창으로 검은 손이 들어와서는 못에 걸린 옷가지건, 선반 위에 놓아둔 가방이건 마치 제 물건 들어내듯이 한다.

'셋방살이를 하면서 문패를 건다'는 말이 있다. 주제넘다는 뜻이다. 그러니 제 이름 석 자도 버젓이 내걸 수 없는 것이 문간방에 사는 사람의 처지이다. 그래서 문간방에 사는 사람은 이름이 없다. 그들은 언제나 '문간방 남자'요, '문간방 여자'요, '문간방 아이'로 통한다. 그가 비록 전주 이씨 충녕군 파의 종손이라 해도 문간방에 사는 한 그저 문간방 사람일 따름이다.

문간방에 사는 사람이 제일 슬퍼질 때가 있다.

자기 아이가 주인 집 아이와 싸웠을 때이다. 이겼을 때는 더욱 그렇다. 그는 다음날부터 다른 셋방을 찾아 나서야 한다. 하지만 아이가 있으면 셋방을 주려고 들지 많으니 더 슬프다. 그러니 문간방에 살려면 아이가 없어

손광성
『나도 꽃처럼 피어나고 싶다』
(2001)

야 한다. 어쩔 수 없이 아이가 있다고 해도 주인집 아이보다 힘이 세어서는 못쓴다. 그렇다고 울지도 않고 힘도 약한 아기를 낳게 해 달라고 기도할 수도 없으니 슬프다.

하지만 문간방에 산다고 해서 늘 슬픈 일만 있는 것은 아니다. 때로는 몸채 사람들이 놓쳐 버린 그런 이삭 같은 재미가 있어 팍팍한 삶에 조그만 위로가 되기도 한다.

문간방에 사는 사람은 추운 날 모처럼 찾아온 친구를 오래도록 대문 밖에 세워 두지 않아도 된다. '똑똑' 창문만 두어 번 두드리면 그것이 친구인 줄 알고 얼른 나가 맞아들일 수 있어 좋다.

출근할 때는 주인보다 한 발 늦게 출발해도 늘 한 발 앞서게 마련이니 버스를 놓칠 염려가 그만큼 적고, 좀 얌체짓 같지만 신문 구독료 같은 것은 내지 않아도 된다. 대문간에 떨어지는 신문 소리를 먼저 듣는 것은 문간방에 사는 사람이다.

게다가 들창 밑을 지나다니는 사람들의 숨은 이야기를, 유리 한 장을 사이에 두고 듣는 것도 전혀 재미없는 일만은 아니다. 고해 신부가 된 기분이라고나 할까. 어떤 비밀을 알고 있다는 사실이 우리의 마음을 무겁게 하는 경우도 있지만, 때로는 우리의 굳게 다문 입가에 미소를 번지게 할 때도 있으니까.

어떤 때는 금세 끊기고 마는 그 짤막한 이야기가 오래 전에 본 적이 있지만, 지금은 가마득하게 잊어버리고 만 어떤 영화의 대사를 다시 생각나게

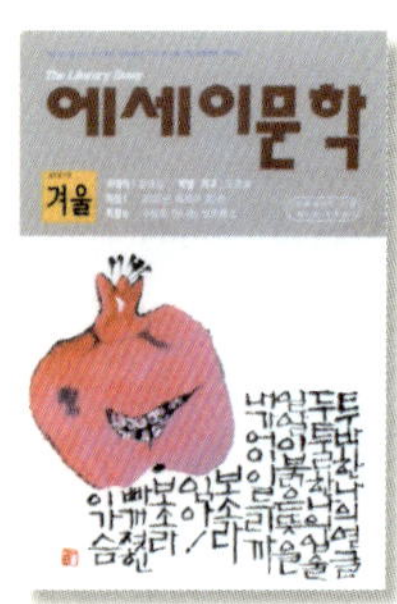

손광성 표지장정
『에세이문학』
(2003년 가을호)

할 때도 있다.

"나 죽으면 님자, 그래도 울어 주갔디?"

"못난 양반, 흘릴 눈물이나 남겨 두었수?"

술 취한 남편을 부축해 가면서 주고받는 대화 속에는 땀과 눈물과 웃음과 용서가 배어 있다.

"이놈, 두고 볼 테다. 내 눈을 빼서 네 놈 집 대들보에 걸어 두고라도, 네 놈 망하는 꼴을 지켜 볼 테다. 이노옴!"

가슴이 섬뜩하다. 누가 저토록 그를 분노케 했을까? 그의 저주에는 선혈이 낭자하다. 사람이란 정말 선한 동물일까?

그러나 간혹 이런 슬픈 대사가 자막처럼 나의 뇌리를 스쳐갈 때도 있다.

"그때 나가지 않은 건 싫어서가 아니었어요……. 입고 나갈 옷이 없었어요."

이런 대사를 듣고 있으면 나도 모르는 사이에 목이 아파 온다. 지금 저 고백을 듣고 있는 남자는 그녀의 남편일까? 아니면 그때 약속을 지키지 못함으로 해서 그 후 영영 만나지 못하게 되었다가 우연히, 정말 우연히 이처럼 만나게 된 그 남자일까?

대사와 함께 눈물이 글썽한 여인의 창백한 얼굴이 화면 가득히 클로즈업되어 온다. 그리고 이런 노래가 배음背音으로 깔린다.

"눈물을 닦아요. 그리고 날 봐요."

그러나 그런 슬픈 대사도 잠시뿐, 어느덧 하루해도 저물고 나면 문간방은 깊은 어둠에 파묻히고 만다. 그리고 문간방 사람들도 일상의 고달픔에서 풀려나 꿈속으로 조용히 잠겨 든다. 하지만 가난한 사람이라고 해서 꿈마저 가난한 것은 아니다. 꿈속에서 그는 가끔 왕이 된다.

아침 햇빛에 하얗게 빛나는 대리석 궁전, 양탄자처럼 보드라운 잔디밭, 그리고 깔깔거리며 근심 없이 뛰노는 그의 어린 왕자와 공주들……

우유 배달부의 자전거 브레이크 소리가 망쳐 버릴 때까지 그의 꿈은 이렇게 계속될 것이다.

지금도 달동네에는 판잣집이 있고 문간방이 있다. 6·25 전후의 우리 살림살이는 말이 아니었다. 토굴 속에서 사는 빈민들은 문간방을 부러워 하였다.

문간방은 집의 출입문 양켠의 담에 이어 드린 방이다. 바깥벽에 만들어 놓은 창을 열면 한데다. 길 가던 도둑의 손이 창을 열고 방에 있는 무엇이나 들고서 간다. 문간방 사람은 설움이 많다. 문간방 꼬마는 안채 도련님을 이겨 먹어서는 안 된다. 밤이면 자고 있는 문간방 사람 머리 맡에 주정뱅이가 방뇨를 한다.

좋은 면도 있다. 인간 속세의 온갖 소음을 참아내야 하지만, 남녀노소 속삭이는 소리를 적어 놓으면 한 편의 소설이 될 듯하다. 문간방 사람이 겪고 보고 느낀 얘기를 이렇듯 아기자기하게 익살을 부리며 재치 있게 하기란 쉽지 않다.

작가는 수필의 달인達人, 그러나 천려일실千慮一失, 하나를 빠뜨렸다. 바깥 벽에다가 방문榜文을 게시했더라면 좋았을 것이다.

여기다 방뇨한 자 엄벌에 처함

경찰서장 백

그리고 큰 가위를 옆에 크게 그려놓았더라면 걸작 해학수필이 되었을 것이다. 어떤 행인은 서장의 성씨가 백가인 줄 안다. 그때는 담벽에 그려놓은 가위를 흔히 볼 수 있었다. 일현은 이런 장난을 부러 부리지는 않는다. 그것은 작가의 고결한 성격의 소치이지만, 수필문학의 존엄성을 유지하기 위함이라 하겠다.

이 때, 이 마당에 반드시 있어야 할 작가가 있다. 그가 없었더라면 수필문학의 위상이 어떻게 되었을까? 그 수필작가가 바로 손광성이다. 일현은 꽃을 찬미하는 화가, 화문집을 내고 책장정을 많이 한다.

「문간방 사람」이 민초들의 익살이라면, 「담배 안 끊는다」는 노교수의 익살이다. 문간방에서 사는 사람들이 선망하는 비행기안에서 익살을 부린다. 해학수필가 공덕룡孔德龍(1923~2007)의 글은 읽기도 전에 웃음이 난다.

공덕룡 『웃음의 묘약』
(1991)

담배가 몸에 해롭다는 이야기는 정설로 굳어진 지 오래지만, 나는 담배 없이는 잠시도 즐거운 삶을 영위할 수 없는 애연가로, 어쩌면 담배가 동호

동락同好同樂의 가장 큰 벗이 된다고 할 수 있다.

1981년 12월, 마닐라 펜 대회를 마치고 돌아오는 길, 오키나와를 거쳐 규슈 후쿠오카에서 김포행 일본 항공기를 탔다. 공항에서 좌석 배정을 받는데, 일본인 여직원이 "담배 피우시죠?" 하고 묻는다. 마치 내가 담배 피우는 사람인 줄을 미리 알고 확인하려 하는 말투이다. 마땅히 "담배 피우십니까?" 하고 물어야 할 것이 아닌가. 언젠가는 끊으려 한 담배인데 이렇게 맞대고 '담배 피우는 사람 쪽'으로 낙인찍힌 듯하니 기분이 좋지 않았다. 나도 퉁명스럽게 대답하였다.

"이 순간부터 담배를 끊겠소!"

그랬더니 그녀는 야릇 미소를 입가에 띠었다. '좋을 대로 하셔요' 하는 듯도 하고 '며칠이나 가나 봅시다' 하는 듯도 하였다.

한국 철도에서 아직 금연차량을 지정하지 않았을 때다. 대구에서 기차를 탔는데 내 옆자리와 맞은 편 두 자리는 일행으로 보이는 초년 주부들이 널찍이 자리를 차지하고 있었다. 추풍령을 넘으니 기차도 한 숨 돌리는 것 같았다.

나도 담배나 한 대 피워 물고 싶었다. 그런데 눈치가 보였다. 한 겨울 차 내의 공기는 탁하고 답답하였다. 피울까, 참을까, 그것이 문제였다. 그런데 내 옆에 앉은 여인이 맞은 편 친구들에게 말을 건넨다. "그래두 오늘은 다행이다, 애. 담배 안 피우는 분하고 한 자리가 되었으니……." 신사를 자처하는 사람이라면 이 소리를 듣고 누가 감히 담배를 입에 물랴. 화장실로 갈까? 그러나 담배가 무슨 죄라고 숨어서까지 피우노. 내내 참았다. 겨울 창밖의 풍경은 그 날 따라 삭막하였다.

미국의 익살 칼럼니스트 아트 바크월드의 사진을 보면, 언제나 굵은 시가를 입에 물고 있다. 그런데 『로스앤젤레스 타임스』지 최근 호를 보니 메기 같은 큰 입이 웃고는 있지만 왼손으로 턱을 쓰다듬고 있는 품이 무연憮然하다. 그는 담배를 끊은 지 2년이 되었다고 한다.

그런데 그는 일전에 워싱턴발 뉴욕행 고속열차에 메트로 라이너를 탔는데 장난기에서였을 것이다. 흡연차칸에 타보았다는 것이다. 사람마다 담배 한 대씩 피워물고 깊은 사색에 잠긴 듯 보인다. 옆 손님에게 말을 걸어보았다. "나도 2년 전까지는 시가를 즐겨 피웠답니다. 손가락에는 니코틴 얼룩이 지고, 옷에서는 케케한 냄새가 난다고 사람들이 가까이 하려하지 않더군요"하곤 그 승객의 눈치를 살폈다.

"자리 좀 비켜주시지." 그는 뱉어내듯 한 마디 던졌다. 바크월드가 다시 말을 이으려 하자, 그 손님은 승무원을 소리쳐 불렀다. "이 사람은 흡연칸에 앉아 있으면서 담배를 피우지 않는 답니다." 승무원은 "이 친구야, 다른 칸에 가서 있으라고! 이 사람들은 자네 같은 말썽꾼 때문에 환장할 지경이야. 걱정할 일이 산더미 같은데……."

요새 애연가들은 어떤 유행가 가사처럼 "아, 옛날이여……" 하고 탄식하고 있다. 버스 안이든, 기차칸이든, 비행기를 타고도 담배를 꼬나

물 수가 있었다. 그러다가 얼마 동안 끽연지정석이 있더니, 이제는 애연가들이 담배 피울 데가 모두 사라졌다.

이 글은 끽연천하에서 금연천하로 넘어가는 완충시대에 씌어졌다. 비행기 문턱에서 여직원이 "담배 피우시죠?" 하고 묻는다. 문단의 원로, 대학교수에게 무례하기 짝이 없다. 대답이 "어찌 그리 잘 아슈"라 응답을 해도 우스운데, "이 순간부터 끊겠소"라고 하니 더 우습다. 신부 앞에서 하듯이 예쁜 여승무원에게 고해성사를 한다. 그리고 철도여행 중에 겪은 우스개가 기막히게 웃기고, 미국의 한 칼럼니스트의 일화에서 익살은 절정에 이른다.

공덕룡은 한국문단에서 해학수필을 쓰는 독보적 작가다. 영국수필을 연구하여 학위를 딴 분이다. 그는 해학적 감각을 자랑하는 영국인도 놀랄 만큼 세상만사를 웃음으로 장식한다. 우리 이웃의 자잘한 일은 물론이고 모나리자와 모택동 주석도 희화화한다. 말년에 출간한 수필선집 『웃음의 묘약』은 우리 문단의 묘약이라 하겠다. 공덕룡의 수필이 있어서 수필문단에 웃음이 있다.

공덕룡『귓불을 비비며』
(1985)

우리 수필문단에 공덕룡과 닮은 수필가가 열은 있어야 하겠다. 이 세상이 웃음바다가 될 것이다.

그림 : 김용환·김의환·이상호·김영순·김다원

盧天命
피천득
田淑禧
梁柱東
金東里
최정희
모윤숙
李無影
康想涉

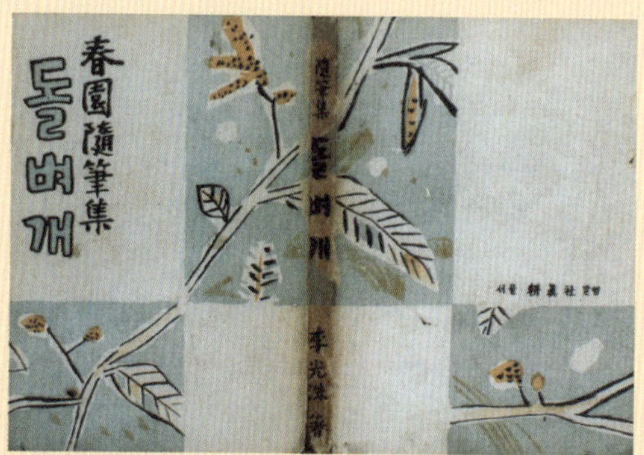

이광수 『돌벼개』(1954)

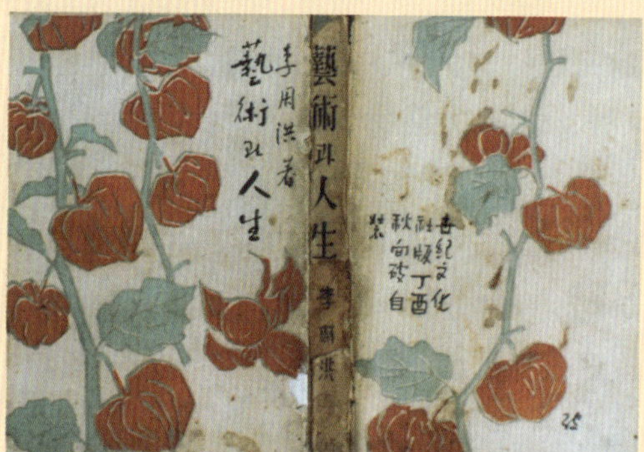

이주홍 『예술과 인생』(1957)

김성진 외 『쑥꽃사어록』(1959)

풍자(諷刺)

이 상 「권태」

구 상 「인심이태人心二態」

김태길 「삼등석」

김진악 「꽈배기 3제」

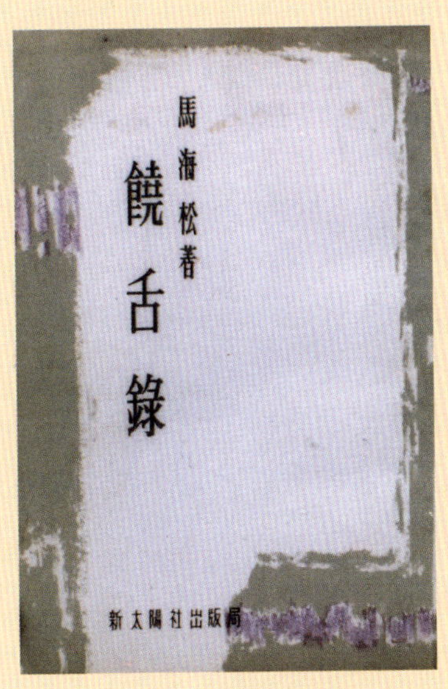

마해송 『요설록』(1958)

밀가루 반죽을 실타래처럼 꼬아서 기름에 튀긴 과자를 꽈배기라 한다. 누가 있어, 맨 처음 이 과자를 만들었는지 알 수는 없으나, 분명한 것은, 필시 세상만사에 대하여 대단히 불평불만이 많은 사람이 제조했을 시 분명하다. 그는 모든 사물을 비틀어 꽈배기를 만들어 놓고설라므니, 뒤틀리고 아니꼬운 꽈배기 세상을 야유하고 고발하고 냉소하는 풍자가였을 것이다.

한국의 근대수필이 발생하는 1세기 전부터 오늘날까지, 한국사람 중에 요 과자를 가장 많이 만들어 먹은 자가 누구인가 하면, 아마 월남月南 이상재李商在(1850~1927) 옹이 아닌가 한다. 월남은 백년에 하나가 드문 익살꾼이었다. 그의 야유와 독설과 조소에는 뼈가 숨어 있고, 칼날이 번득이기도 하였다. 말로 몸짓으로 세상을 비꼬아 놓고 한바탕 웃음판을 벌였던 것이다. 그는 몸소 그가 창조한 익살을 글로 남겨놓지 않았다. 하기야, 석가 공자 예수가 책을 써서 남겼는가. 그들 제자들이 고생고생하여 불경과 논어, 성경을 만들어 놓은 게다.

옹의 험한 입담은 조야朝野에 유명하였는데, 나라가 망하자 익살이 매우 사나워진다. 웃음 속에 비수가 번득인다. 일본 순사가 선생을 따라다니고, 걸핏하면 감옥에 가두기도 하였다. 한번은, 옥고를 치르고 풀려나온 선생을 뵌 청년이 고생이 많으셨다고 위로하였다. 선생은 그 젊은이더러 호통을 쳤다.

"너는 철창 밖에서 호강스럽게 사느냐?"

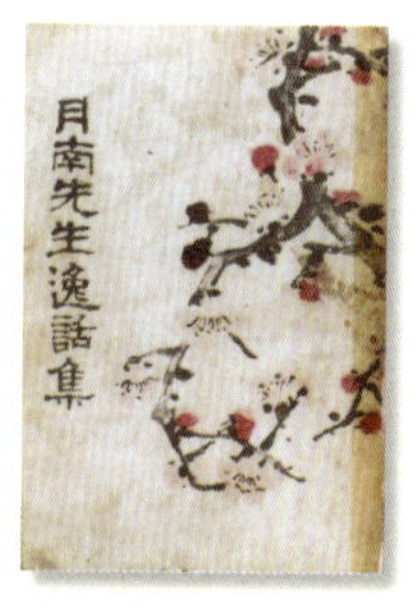

이을한 『월남선생일화집』
(1956)

나라가 온통 감옥세상인데, 옥 안이 따로 있고 옥 밖이 따로 없다. 오천년 사직을 지옥으로 만든 매국역적의 무리들은 선생을 피해 다녔다.

하루는 나라의 성대한 모임이 있어, 매국역적 이완용, 송병준을 비롯하여 일본 고관대작이 참석하고 선생도 초대를 받았다. 앉아 보니 선생 맞은 편에 꼴사나운 무리들이 보였다. 아니꼽고 매스꺼워 선생은 일갈대성하였다.

"대감들, 동경으로 이사가시지. 대감들이 있으면 나라가 망하니, 동경에 가 있으면 일본이 망할 게 아니오?"

오적의 무리는 말할 것도 없고 주위 사람들도 파랗게 질렸다. 월남의 가시 돋친 농담은 때와 장소를 가리지 않고, 상하귀천을 차별하지 아니하였다. 일본 군인들을 혼내 준 사건도 더러 있었다.

선생이 일본시찰단에 끼어 대일본제국의 병기창을 방문한 일이 있었다. 왜놈들이 조선놈 겁주려는 심보였다. 시찰을 마치고 연회가 베풀어진 자리에서 단원들이 구경한 소감을 말하게 되었다. 차례가 오자 선생은 일본의 어마어마한 무력을 한껏 찬양한 다음, 이렇게 덧붙였다.

"내가 병기창을 둘러보니, 일본은 과연 강대국이요. 그런데 염려되는 일은, 성경에 이르기를 '칼을 쓰는 자 칼로 망하리라' 하였으니, 나는 다만 그것이 걱정이요."

선생의 예언은 들어맞아서, 일본은 힘에 겨운 싸움을 걸었다가, 칼보다 무서운 원자탄 세례를 받았다. 월남은 일제 암흑기에 민족의 얼을 지킨, 위대한 익살꾼이며 애국자다. 그 웃음 속에는 가시가 돋쳐있고 칼이 숨어 있다. 그의 익살은 가시만 돋쳐 있지 않고 웃음이 널려 있다.

  가시가 돋치고 칼이 숨어있는 웃음을 풍자라 한다. 대상에 대하여 불만이 많아서 야유하고 고발하고 꼬집기만 하면 풍자는 될 수 있으나 풍자문학은 아니다. 풍자문학은 반드시 웃음을 수반해야 한다. 웃음이 있는 비꼬기를 풍자문학이라 한다. 월남의 좌충우돌하는 익살을 기록해 놓는다면, 훌륭한 풍자수필이 되겠다. 그의 골계적 언행은 야유의 대상자에게는 부끄러움을 주고 구경하는 사람들에게는 쓴 웃음을 자아낸다. 선생은 공격의 대상을 미칠 정도로 화나게 하고, 관중을 포복절도하게 하였다.

  풍자수필은 모든 풍자문학과 마찬가지로, 때묻은 사람과 비뚤어진 사회, 그릇된 정치가 풍자의 대상이다. 때로는, 성직자나 여성이 그 대상이 되기도 한다. 성직자에 대한 대중의 요망이 크기 때문이고 풍자가들이 남성이 많았기 때문이다. 사회의 부조리와 정치의 비리는 인류의 역사 이래 끝이 없다. 마땅히 사회를 더럽히는 인물, 나라를 그르치는 정치인이 풍자의 대상인물이 된다. 풍자수필은 이들을 아프게 꾸짖는 문학인데, 꾸짖는 가운데 웃음이 있어야 한다. 부정세계를 부정의 관점으로만 바라보면 풍자인데, 부정세계 속에서 긍정의 요소를 찾아낸 웃음, 즉 화해와 치유의 의도를 작품화해야 풍자수필이 된다. 야유·고발·질타로 일관하면 문장이 거칠어지고, 무거운 논설이 되면 수필의 서정성을 잃어버리게 된다.

풍자수필은 매우 낯선 장르라 하겠다. 거친 풍자세계와 부드러운 수필세계는 동떨어진 세계다. 수필은 서정성이 그 생명이며, 고아한 문장으로 잔잔하게 인생생활의 온갖 생각과 느낌을 나타내는 문학이기 때문이다. 그러므로, 풍자수필은 풍자의 대상을 고발, 야유, 조소하면서, 거기에 웃음과 재치가 번득이고 최소한의 도덕성을 유지해야 한다.

여기 네 편의 수필은 일제시대부터 현대에 이르기까지, 몇가지 사회현상을 들쳐내고 비웃는 풍자수필이다. 대상에 대하여 정면으로 대결하는 사나운 글이 아니고, 웃음이 숨어 있는 골계수필이라 하겠다.

근대문학 발전기에 혜성처럼 나타났다가 사라진 이상李箱(1910~1937)의 풍자수필 「권태倦怠」를 보기로 한다.

길 복판에서 6,7인의 아이들이 놀고 있다. 적발동부赤髮銅膚의 반나체이다. 그들의 혼탁한 안색, 흘린 콧물, 둘른 베, 두렝이 벗은 웃통만을 가지고는 그들의 성별性別조차 거의 분간할 수 없다. 그러나 그들은 여아가 아니면 남아요 남아가 아니면 여아인, 결국에는 귀여운 5,6세 내지 7,8세의 '아이들' 임에도 틀림없다. 이 아이들이 길 한복판을 선택하여 유희하고 있다.

돌멩이를 주워 온다. 여기는 사금파리도 벽돌 조각도 없다. 이 빠진 그릇을 여기 사람들은 버리지 않는다.

그리고는 풀을 뜯어 온다. 풀— 이처럼 평범한 것이 또 있을까. 그들에

이상 『이상선집』
(1949)

게 있어서는 초록빛의 물건이란 어떤 것이고간에 다시 없이 심심한 것이다. 그러나 하는 수 없다. 곡식을 뜯는 것도 금제(禁制)니까 풀밖에 없다.

돌멩이로 풀을 짓찧는다. 푸르스레한 물이 돌에 가 염색된다. 그러면 그 돌과 그 풀은 팽개치고, 또 다른 풀과 돌멩이를 가져다가 똑같은 짓을 반복한다. 10분 동안이나 아무 말이 없이 잠자코 이렇게 놀아 본다.

10분만이면 권태가 온다. 풀도 싱겁고 돌도 싱겁다. 그러면 그 외에 무엇이 있나? 없다.

그들은 일제히 일어선다. 질서도 없고 충동의 재료도 없다. 다만 그저 앉았기 싫으니까 이번에는 일어서 보았을 뿐이다.

일어서서 두 팔을 높이 하늘을 향하여 쳐든다. 그리고 비명에 가까운 소리를 질러본다. 그러더니 그냥 그 자리에서들 껑충껑충 뛴다. 그러면서 그 비명을 겸한다.

이상 『이상전집』
(1956)

나는 이 광경을 보고 그만 눈물이 났다. 여북하면 저렇게 놀까. 이들은 놀 줄조차 모른다. 어버이들은 너무 가난해서 이들 귀여운 애기들에게 장난감을 사다 줄 수가 없었던 것이다. 이 하늘을 향하여 두 팔을 뻗히고 그리고 소리를 지르면서 뛰는 그들의 유희가 내 눈에는 암만해도 유희같이 생각되지 않는다. 하늘은 왜 저렇게 어제도 오늘도 내일도 푸르냐. 산은, 벌판은 왜 저렇게 어제도 오늘도 푸르냐는 조물주에게 대한 저주의 비명이 아니고 무엇이랴.

아이들은 짖을 줄조차 모르는 개들과 놀 수는 없다. 그렇다고 모이 찾느라고 눈이 벌건 닭들과 놀 수도 없다. 아버지도 어머니도 너무나 바쁘다. 언니 오빠조차 바쁘다. 역시 아이들은 아이들끼리 노는 수밖에 없다. 그런데, 대체 무엇을 가지고 어떻게 놀아야 하나. 그들에게는, 장난감 하나 없는 그들에게는 영영 엄두가 나서지를 않는 것이다. 그들은 이렇듯 불행하다.

그 짓도 5분이다. 그 이상 더 길게 이 짓을 하자면 그들은 피로할 것이다. 순진한 그들이 무슨 까닭에 피로해야 되나? 그들은 위선 싱거워서 그 짓을 그만둔다.

그들은 도로 나란히 앉는다. 앉아서 소리가 없다. 무엇을 하나. 무슨 종류의 유희인지 유희는 유희인 모양인데— 이 권태의 왜소인간矮小人間들은 또 무슨 기상천외의 유희를 발명했나. 5분 후에 그들은 비키면서 하나씩 둘씩 일어선다. 제각각 대변을 한 무데기씩 누어 놓았다. 아— 이것도 역시 그들의 유희였다. 속수무책의 그들 최후의 창작 유희였다. 그러나 그 중 한 아이가 영 일어나지를 않는다. 그는 대변이 나오지 않는다. 그럼 그는 이번 유희의 못난 낙오자임에 틀림없다. 분명히 다른 아이들 눈에 조소의 빛이 보인다. 아— 조물주여, 이들을 위하여 풍경과 완구를 주소서.

「권태」는 이상의 성천기행문의 한 장이다. 한국의 천재작가가 찾아나선 30년대 농촌의 빈궁을 묘사하고 있다. 어려운 시대에는 아이들이 더 고생스럽다. 헐벗고 굶주리는 농촌 아이들을 보면서, 작가는 분노를 느끼거나 울분을 나타내지 않는다. 성별의 분간이 안되는 아이들, 돌멩

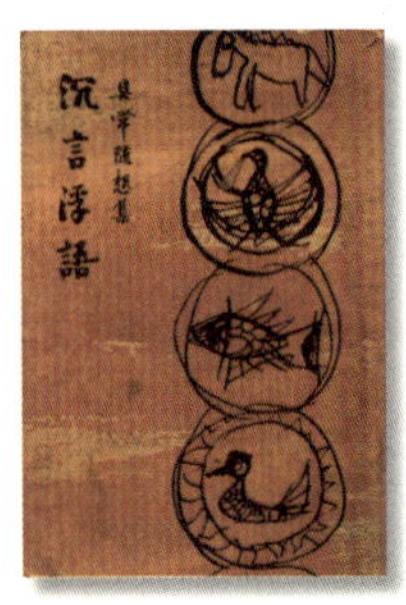

구상 『침언부어』
(1961)

이로 풀을 찧으며 노는 아이들. 무슨 짓을 해도 그들의 권태를 해결할 수 없다. 마침내 아이들은 똥누기시합을 하기에 이른다. 자기 몸으로 연출하는 변마저 누지 못하는 한 녀석의 행동은 독자로 하여금 웃다가 울게 만든다. 권태의 세계가 아니라, 권태가 무엇인지도 모르는 세상이다. 이것이 일제하의 한국 농촌의 피폐상인데, 이상은 철없는 아이들을 등장시켜, 지루하고 따분하고 암담한 농촌상을 만화처럼 희화화한다.

작가는 '눈물이 났다'고 한 마디만 했을 뿐, 마치 사진기를 들이대고 촬영하듯이 농촌 아이들의 놀이를 묘사하고 있다. 왕조는 몰락하고 일제 식민지하에서 신음하고 있는 동포의 어린 자식들을 등장시켜, 이런 세상을 만든 못된 어른들을 탓하고 꾸짖는다. 이상만이 구사하는 차가운 문체, 치밀한 관찰의 기록, 울음과 웃음이 뒤섞인 풍자성이 이 명문수필의 요소다.

조국이 광복의 날을 맞는다. 이 땅은 동강나고 민심이 흉흉해진다. 미풍양속의 세상은 멀기만 하다. 천주교 신자이고 시인인 구상具常(1919~2004)의 「인심이태人心二態」는 민심의 백태를 보여주는 풍자수필이다.

불신실신不信失信

지난 번 서울에서다.

나는 다방에 앉았다가 구두가 하두 망칙하게 더러웠길래, 마침 와서 닦으라고 졸라대는 꼬마에게 신발을 내 맡기노라니, 마주 앉았던 H 시인이

"한쪽씩만 가지고 가 닦어라" 하고 가로 말렸다.

나는 무슨 영문인지 몰라 어리둥절하는 참인데 꼬마가 H 씨를 향해

— 원 아저씨두! 가지고 달어나면 개자식예요."

이렇게 사뭇 억울에 차서 자독自瀆 맹서를 하는 게 아닌가.

그제야 나도 알아 채고 H씨가 면고面苦스러울가보아,

— 그런 일도 있나 보지."

한마디 보태며 그대로 두 짝을 보내긴 했으나 속으로는 동심모독童心冒瀆

이라, 인심불신에 향한 이 어린이의 자독항의에 가슴이 서늘하였다.

그 다음 날부터 나는 신발을 한 쪽씩만 들고 가는 구두닦이나, 잔돈을 거

슬러 오라면 신문 윈 뭉치를 놓고 가는 꼬마 신문장수들을 대할 때마다, 내

가 도리어 그들에게 "개자식" 취급을 받는 것 같아 심정이 영 고약해진다.

인심본태人心本態

청전青田 이상범李象範 화백댁엘 흐린 날 들렸다가 들고 갔던 지우산을 마

침 놓고 왔다. 그 며칠 후, 이번엔 귀로에 소나기를 만나 선생댁엘 찾았다.

마침 청전 선생은 출타하시고 마나님께서는 부엌에서 저녁을 지으시는

모양인데, 현관에는 지우산이 있으나 둘이 놓였다.

— 사모님! 두고 갔던 우산을 받고 갈 참인데, 둘이니 어떤 것인지 알 수

가 있어야지요."

나는 올라가지도 않고 안쪽을 향하여 소리 쳤더니,

— 거기 아모것이나 하나 받고 가세요."

하시고 마나님은 응답하시었다. 부인은 나의 얼굴이나 음성을 기억하리만큼 친숙치도 않고, 내가 우산을 갖다 놓았는지 또 놓은 자인지 아실 리도 없다.

오직 청전 화백을 찾아온 손이니 우산을 가지고 가도 그만, 그것이 바뀐 대도 그만이 아니랴고 믿고 또 그렇게 알고 행하시는 모양이다.

전쟁이 아니라 하늘이 방금 주저 않는다손, 이것이 인심의 본태本態가 아니겠는가!

정말 이지음 썩을 대로 썩은 인심을 보면, 거리에서 모두들 꼬마들에게 슬몃이 '개자식' 취급을 받아도 싸다.

나는 그날 그 말을 듣고 제딴엔 상한 것을 골라 쓰고 왔다.

이 또한 얼마나 못났고 모자라는 짓이냐!

청전 선생 부인의 도道에 달하려면 꼭지가 떨어지기 아직 멀었다.

서로 믿지 않는 세상, 믿음을 잃어버린 세상을 고발한 '불신실신'은 사회풍자수필이라 하겠고, 사람의 본 마음을 그린 '인심본태'는 자기 자신까지도 풍자의 대상으로 삼은 골계수필이다.

다방에서 만난 구두닦이 소년의 일성이 없었으면, 풍자수필이라 할 수 없다. 구두를 가지고 도망칠까 보아서 한 짝씩 닦아오라는 말을 듣고, 소년은 '가지고 달아나면 개자식예요' 하고 항변한다. 이 발언은 소년에게는 울음이나, 독자에게는 쓴 웃음이다. 작가는 이런 경우를 당할 때마다 자신이 '개자식'이 된 듯하다고 자탄하고, '개자식'만이 들끓는 사회를 꼬집고 있다. 그러나 개판세상을 비웃을 수 있는 것은, 자기가 그렇게 웃음으로 부정하고 있는 대상과 자기를 절연시켜 놓았기 때문이다. 대상보다 우월한 위상에서 웃음이 발생한다.

「인심본태」의 표본은 청전 화백의 마나님이다. 화백댁에 두고 온 우산을 찾으러 가서, 작가가 먼저 느끼는 갈등은 두 우산 가운데 하나를 집어야 하는 문제다. 하나밖에 모르는 시인의 행동이 고소를 자아내고, 마나님의 '아무것이나 하나 받고 가세요' 하는 대구에서 부처님의 미소를 발견한다. 여기서는 옹졸한 시인 자신이 풍자의 대상이 된다. 작가 자신의 풍자화는 또 다른 풍자수필의 웃음이라 하겠다. 구두닦이 소년과 마나님의 일을 하나로 묶어 놓은 착상으로, 고소를 자아내는 일제이화一題二話의 풍자수필이다.

구상은 시인이다. 시는 현실세계를 노래하면서 이상 세계를 치열하게 추구하였다. 그의 산문도 마찬가지다. 구상사회시평집『민주고발』도 세상을 바로 잡으려는 구상 시인의 비평집이다.

구상『민주고발』
(1955)

예나 오늘이나 풍자의 대상은 아랫것들이 아니라 윗것들이다. 정치가, 종교가가 으뜸으로 꼽힌다. 백성을 다스리는 자의 비행은 백년하청이다. 종교인에게는 높은 도덕성이 요구되었기 때문이다. 재판관도 공무를 담당한 정치인이다. 우송友松 김태길金泰吉(1920~)의 「삼등석」은 나

약한 선비가 바위에 대고 주먹질하는 현실을 보여준다.

김태길 『흐르지 않는 세월』
(1974)

'제×호 법정'이라는 표지가 붙은 방문을 밀고 들어섰을 때 받은 첫 인상은 기차정거장 3등 대합실에 발을 들여놨을 때의 기분에 가까웠다. 마룻바닥은 깨끗이 청소되었고, 비품도 그리 남루하지 않음에도 불구하고, 그런 인상을 받은 것은 아마 모인 사람들이 분위기를 지배했기 때문일 것이다.

시간이 되었으나, 아직 개정되지 않은 법정에는 괴로움을 즐기기 위해서 세상에 태어난 듯한 사람들만이 기다리고 있었다. 누르끄레한 혈색에 표정없는 얼굴들이 동양화 그림 속의 화상들처럼 조용하다. 변호사를 대기에는 너무나 간고한 사람들. 자기의 권익을 스스로 변호하고자 시간에 늦을세라 부랴부랴 나섰으나, 반생에 걸쳐 뼛속까지 사무친 군색이 하루 아침에 가시지는 않았다. 젖먹이 어린것을 데리고 온 아낙네도 있었다. '여성'을 느끼게 하기에는 너무나 풍파에 시달린 젖통을 사양없이 드러내고 사이참을 먹인다.

그 '3등' 손님들 대열 가운데 나도 끼여 앉았다. 외국에 나가 있는 사이에 내 가옥을 팔아먹은 고명한 법률가만 아니었더라도 내가 이곳에 올 필요는 없었을 것이다. 넉넉히 착수금을 치르고 변호사에게 맡길 만한 돈지갑만 있었더라도 이곳에 나타날 필요는 없었을 것이다. 그러나, 기왕 왔을 바에야 볼 일은 보고 가야 하겠기에 허리띠를 늦추고 앉아서 기다리기로 한다. 동양화 인물처럼 무표정한 얼굴로.

　얼마 동안을 묵묵히 기다리고 있노라니, 이상한 복장으로 차린 의젓한 사람들이 하나둘 나타나기 시작했다. 그 이상한 복장이란 활동사진에서 본 법관의 그것이다. 검정 모자에 검정 두루마기. 가슴에는 커다란 무궁화 무늬가 빛난다. 같은 복장의 사람들이 7,8명 들락날락, 법정안이 차차 활기에 찬다. 우리 3등석의 손님들과 저 검정옷 차림의 양반들 사이에 무슨 어마어마한 거리가 있다는 느낌에 사로잡히며 조용히 눈을 감는다.

　'일동 기립!' 하는 구령소리에 눈을 떴다. 이번에는 법정 전면 높은 단상 위에 다른 네 사람이 검은 복장으로 나타났다. 앞서 말한 '이상한 복장' 과 비슷한 옷차림이다. 그러나 가슴에 수놓은 빛깔이 다르다. 먼저부터 들락날락하던 분들의 무궁화는 붉은 빛인데, 지금 새로 나타난 분들의 무궁화는 세 사람은 금빛이고 한 사람은 푸른 빛이다. 그제서야 아래층 마룻바닥을 왔다갔다하는 검정 옷은 변호사들이고, 위층 높은 단상에 오른 검은 옷은 판사들과 서기라는 짐작이 갔다. 법정 안은 갑자기 엄숙한 분위기가 지배한다. '위에는 위가 있다' 는 엄연한 현실을 전신으로 느끼면서 나도 모르게 '차렷' 자세로 긴장하였다.

　재판관을 따라 일동이 착석하며 곧 사무가 진행되기 시작하였다. 변호사를 대리인으로 세운 사건에 있어서는 대리인들이 나가고, 그렇지 못한 경우에는 본인이 묻는 말에 대답을 한다. 그런데 본인 또는 증인이 호출을 당할 때는 '이××', '김○○' 하고 성명 석 자만이 발음되지, 어떠한 종류의 경칭도 붙지 않는 것이 보통이다. '형사 피고도 아닌데 어째 남의 이름을 마구 부를까?' 처음에는 의아한 생각이 없지도 않았으나, 결국 그렇게 하는 것이 시간의 절약도 될 뿐 아니라 '법정의 위신'도 높이는 데도 효과가 적지 않은 '지당한 처사'라는 것을 곧 터득하게 되었다. 옛날 '원님'이 재판을 하던 시대 같으면 그 앞에 엎드려 묻는 말에 대답했을 것을, 지금은 판사님이 앉으신 단하壇下에 뻣뻣이 선 채로 말하게 되었으니…… '민주주의'의 바다 같은 은혜의 덕분이라 하겠다.

이 법정안의 '관리'로서 소개를 받아야 할 분이 또 한사람 계시다. 그는 먼저 '일동 기립'의 구령을 부른 바로 그분이다. 대학교의 수위들이 입는 옷과 비슷한 복장을 한 이분은 때때로 3등석에 나타나서, '얘기는 밖에 나가서 하시오!', '똑바로 앉으시오!' 따위의 주의를 주는 것을 주요한 직분으로 삼고 있는 모양이다. 이분의 감시가 무서워서 3등 손님들은 2시간 내지 3시간 동안 단체사진을 찍는 국민학생들처럼 얌전하게 앉았어야 한다. 그러나 이 '감시원'의 감독권은 변호사들, 즉 '대리인'들에게까지는 미치지 않는다. 변호사들은 '2등석'에 따로 자리를 차지하고 있는데, 그들은 서로 지껄이고 한쪽 무릎 위에 또 한쪽 다리를 올려놓고 있어도 말리는 사람이 없다.

어째서 이런 차별 대우가 생겼을까? 다른 경우에는 '대리'보다도 '본인'이 좀더 대우를 받는 것이 보통인데, 어째 여기서는 그 반대의 현상이 상식화된 것일까? '은행지점장 대리', '대리대사', '문교부장관 대리'. 아마 그래서 법과대학 지망자가 해마다 늘어가는 것일지도 모른다.

차례로 사건들이 다루어졌으나 내 이름은 부르지 않는다. 지시대로 10시에 나왔는데 지금은 벌써 12시 반. 변호사들도 거의 사라지고 3등석의 손님들도 많이 줄었다. 초조한 마음으로 기다릴 때 저 '감시원'이 옆을 지나기에 "저……" 하고 조심조심 소환장을 그에게 보였다.

"저 이것 때문에 왔는데, 몇 시쯤 이 사건이 다루어질는지요?"

"좀더 기다리시오!"

그는 엄숙하고 간단하게 대답하였다. 언제 이름이 불리울지 모르는 까닭에 변소에도 못 가고 앉아 있는 나에게, 그 이상 말할 여유를 주지 않고 그냥 저리로 가버렸다.

얼마 동안 더 기다렸다. 그때 "김태길!"하는 발음이 재판장의 입을 통하여 들려 왔다. 이에 응하여 "옛" 하고 앞으로 나서는 나 자신의 모습과 마음속에는 '우등상'을 받으러 교장 앞으로 나가는 국민학교 어린이를 연상시키는 가련함이 있었다. 판사들 앞에 가볍게 경례하고 두 손을 앞으로 모을 뻔했을 때,

"당신이 바로 김태길이오?"

"예, 그렇습니다."

"당신 사건은 상대편에서 연기 신청을 했습니다. 5월 28일에 다시 나오시오."

"그러나, 10시부터 나와 지금까지 기다렸는데요."

"그래도 오늘은 그대로 돌아가시고 다음에 다시 나오시오."

나는 더 말하지 않고 돌아섰다. 그러나 이번에는 경례는 하지 않았다. 그것은 아마 내가 표시할 수 있었던 최대의 반항이었을지도 모른다. 법원 문을 나서면서 '기일연기'의 통고를 받기 위해서 오직 그것만을 위해서 3시간을 기다려야 했던 3등 손님은 쓰거운 웃음을 입가에 띠었다. '빵빵!' 관용官用 지프차가 길을 비키라고 호통을 친다.

　　'바다와 같은 은혜를 베푸는 민주주의 나라'에 3등석 기차가 없어진지 오래 되었는데, 작가는 민주공화국의 법정에서 3등석을 만천하에 공개한다. 1등석에 법관이 자리하고 2등석에 변호사가 앉고, 나라의 주인인 백성은 3등석에 앉아 있다. 3등석 백성은 뒤바뀐 자리를 어색하게 여기거나 탓하지 않는다. 3등석에 앉아서, 상등석에서 벌어지는 일들을 남의 일처럼 구경할 뿐이다. 그 묘사와 서술은 잔잔한 물결인데, 작가와 독자의 가슴 속에서는 분노·울분이 솟아오르고, 그 때마다 쓴 웃음이 마음을 달랜다. 풍자수필의 극치를 보는 듯하다.

　　3등석에서 대기하고 있는 군상의 묘사가 탁월하다. 사기를 당한 대학교수가 3등석에 앉아서 말 한마디 못하고 엄숙히 앉아 있는 자화상이 가소롭다. 2등석 윗사람은 잡담을 나눠도 되지만, 3등석 백성은 그랬다간 야단을 맞는다. 3시간을 기다렸다가 받은 판결은 다음에 다시 오라는 판결이다. 작가는 '표시할 수 있었던 최대의 반항'으로 법관에게 경례를 하지 않는다. 이것이 민주시민의 최상의 긍지다. 민주나라의 주인 대접은 허울 뿐, 영원히 3등 인생일 뿐이다.

빈부귀천, 상하고저의 인생 계급은 엄연히 있다. 이 글은 영구히 없어지지 않을 3등 인생의 비애를 풍자적으로 형상화한다. 높은 자리에 있는 사람이나 아래 자리에 있는 사람을 남의 굿 보듯이 그저 담담하게 그리고, 때로는 3등 인생의 자화상을 익살스럽게 그린다.

김태길은 서정수필뿐 아니라, 골계수필을 쓸 수 있는 마음의 여유와 능숙한 필력을 가진 수필가다. 더러 철학하는 분들이 방대한 설교수필 전집을 내는 경우가 있는데, 김태길은 한국수필문단에서 도덕교사의 강의가 아닌 빼어난 본격수필을 쓰는 분이다. 방대한 학술서적을 저술하고, 여러 권의 수필집을 냈다. 1992년 수필전문지『계간 수필』을 창간, 발행하고 있는 우송이 우리 문단에 공헌하는 바가 지대하다.

우리 문단에서 차원 높은 풍자수필을 찾기가 쉽지 않다. 사모관대를 차려 입고 경건하게 써야 하는 글이 수필이라 여기는 풍조가 굳어져서다. 사납고 거친 글은 많으나, 웃음을 주는 풍자수필은 드물다. 부끄러움을 무릅쓰고 내 졸문을 끝으로 보인 까닭이다. 「꽈배기 3제」는 오래 전에 쓴 글이지만, 지금 보아도 쓴 웃음이 절로 난다.

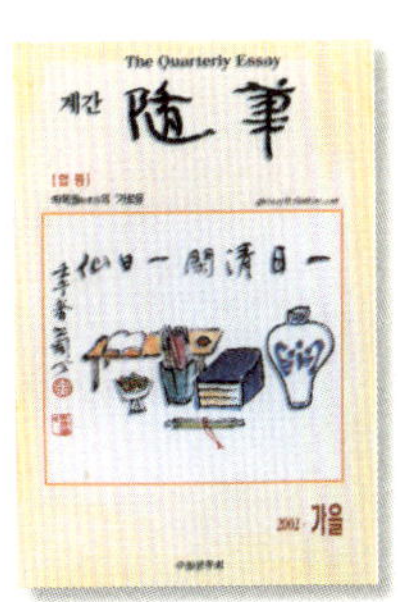

『계간 수필』
(2002년 가을호)

위 대한 한국인

우리나라 사람들에게 호주라는 나라는 있는 둥 마는 둥하는 땅이다. 어쩌다가 호주 축구 선수들이 서울운동장에 나타나서, 올림픽에 나가려는 한국팀을 훼방놓고 떠나면, 우리는 그 나라를 잠깐 기억했다가 곧 잊어먹는다. 요새는 상황이 달라졌지만.

이러한 우리들의 무례함에 대하여, 호주인들이 한국인들을 혼내주려고 별렀던 모양이다. 그렇지 않고서야, 요번에 호주 상인들이 농약으로 버무린 밀가루를 산더미만큼 실어다 우리 밥상에 올려 놓을 리가 없다.

그러나 이 호주인들의 농간은 별로 큰 성과를 거두지 못하였다. 그것은 호주 사람들을 비난하는 소리가 빤짝하다 사라져가서가 아니다. 또 우리나라의 항구를 지키는 관료들을 꾸짖는 고함소리가 없어서도 아니다. 한국인의 입과 식도와 위와 장이 원체 튼튼하고 억세기 때문에, 농약 묻은 밀가루쯤은 건강에 아무런 탈이 없기 때문이다.

우리나라 사람의 위장은 포항제철소의 용광로와 견줄 만하다. 우리네가 못 먹는 먹거리는 없다. 농약으로 기른 콩나물을 먹는다. 시멘트로 굳힌 두부, 붉은 물감을 들인 톱밥고춧가루도 잘 삭인다. 공업용으로 들여온 소뼈다귀, 사료용으로 쓰이는 물고기 대가리도 없어서 못 먹는다. 가리지 않고 먹는 것은 얼마든지 있다. 몸에 좋다하면 무엇이나 먹는다. 지구상에 뛰노는 곰의 쓸개는 죄다 우리가 고아 먹고, 해구의 신, 동남아 정글의 뱀도 잡아다 먹는다. 한국사람은 안 먹는 것이 없다.

먹는 일은 여기서 그치지 않는다. 먹는 데 이골이 나서 별의별 것을 다 먹는다. 욕을 얻어먹고 눈칫밥도 먹고 귀도 먹고 담배연기도 먹는다. 사람이 아닌 대패도 잘 먹고 빨래는 풀을 먹는다. 돈을 따먹고 뇌물을 삼키고

군수도 살아먹고 국회의원도 해먹는다. 어떤 권투 선수는 챔피언도 먹어
버렸다.

한국인은 못먹는 것이 하나도 없다. 우리 겨레의 할머니가 누구신가. 마
늘을 가마니로 풀어놓고 잡수신 곰할머니다. 우리네의 먹성은 장구한 전
통을 지니고 있다. 백년하청, 탐관오리들이 백성을 등쳐먹지 않고 석달 열
흘만 맑은 정치를 한다면, 대한민국은 그날로 세계 일등국가가 될 것이다.

그러나 한가닥 염려스러운 마음이 고개를 든다. 온 세상의 오염식품이
이 나라에 온통 모여들고 있어서 두려운 것이 아니다. 만일에 천지가 개벽
하여, 오염이나 공해가 없는 세상이 되면 우리들이 과연 탈없이 먹고 살
수 있느냐 하는 두려움이다.

먹을 수 없는 식품으로 길들여진 우리 몸에 깨끗한 먹거리가 들어올 때,
우리 밥통이 그것을 잘 소화해낼 수 있겠는가? 한번도 맛보지 않은 무공해
식품을 먹고 우리들의 몸이 뒤틀리지 않을까 걱정이 된다. 거부반응이 대
단할 것이다.

그러나 아직은 위가 대한 한국인이다.

같은 것 같은 세상

백구와 방망이의 잔치는 10대 0으로 끝났다. 크게 이기고 졌다. 이긴 편
주장이 우승 소감을 말하던 것이다.

"전 선수가 열심히 해서 이긴 것 같습니다."

다이아몬드마당을 열 바퀴를 돌고도 이긴 것 같다니, 나는 TV를 보다가 어리둥절하였다. 이긴 쪽이 이긴 것 같으니, 진 쪽은 진 것 같을 터이고, 이긴 것도 아닌 것 같고 진 것도 아닌 것 같은 것 같다.

말 끝마다 같다를 빼고는 말을 못하는 말버릇이 요새 이골이 났다. 이 같다증후군을 퍼뜨린 일등공신은 방송에 종사하는 사람들이다.

라디오나 텔레비전에서 접하는 말소리를 들어보면, 너나없이 말끝에

금아 「수필」· 조주연 씀(조주연 서백은 2003년, 피천득의 시문을 주제로 한 서예전을 개최했음)

'같다' 후렴을 붙이고 있다.

손님을 초대한 사회자가 같다타령으로 말문을 연다.

"오늘 같은 날은 이런 넥타이를 매는 것이 좋을 것 같지요?"

"예, 좋은 것 같아요."

"저 같은 경우는 이런 색상이 안 어울릴 것 같은데요."

"의복이나 얼굴 같은 데 조화가 돼야 할 것 같아요."

수필은 청자 연적이다. 수필은 난이요, 학이요, 청초하고 몸맵시 날렵한 여인이다. 수필은 그 여인이 걸어가는 숲속으로 난 평탄하고 고요한 길이다. 수필은 가로수 늘어진 페이브먼트가 될 수도 있다. 그러나 그 길은 깨끗하고 사람이 적게 다니는 주택가에 있다. 수필은 청춘의 글은 아니요, 서른여섯 살 중년 고개를 넘어선 사람의 글이며, 청열이나 심오한 지성을 내포한 학이 아니요, 그거 수필가가 쓴 단순한 글이 각수필은 흥미는 주지마는 읽는 사람을 흥분시키지는 아니한가. 수필은 마음의 산책이다. 그 속에는 인생의 향취와 여운이 숨어 있는 것이다. 수필의 색깔은 황홀 찬란하거나 진하지 아니하며, 검거나 희지 않고 퇴락하여 추하지 않고, 언제나 온아우미하다. 수필의 빛은 비둘기 빛이거나 진주 빛이다. 수필이 비단이라면 번쩍거리지 않는 바탕에 약간의 무늬가 있는 것이다. 그 무늬는 읽는 사람의 얼굴에 미소를 띠게 한가. 수필은 한가하면서도 나태하지 아니하고, 속박을 벗어나고서도 산만하지 않으며, 찬란하지 않고 우아하며, 날카롭지 않으나 산뜻한 운학이가 수필의 재료는 생활 경험, 자연 관찰 뜻는 사회 현상에 대한 새로운 발견 무엇이나 다 좋을 것이다. 그 제재가 무엇이든지 간에 쓰는 이의 둑륵한 개성과 그 때의 무드에 따라 누에의 입에서 나오는

김진악 『익살』
(1992)

“넥타이 같은 것도 유행 같은 것이 있는 것 같지요?”

“있다고 할 것 같아요.”

같다로 맞장구를 치는 대화는 끝이 없을 듯하다. 좋다와 좋은 것 같다는 다른 뜻을 나타내는가? 내 경우와 나 같은 경우는 어떻게 다른가? 어떤 사람은 자기 얼굴과 얼굴 같은 두 얼굴을 가지고 있는가? 넥타이가 있고 넥타이 같은 것이 따로 있는가? ‘같다’ 라고 하면 직성이 풀리지 않아서, ‘같은 것 같다’ 고 하고, 그래도 모자라서 ‘정말로 같은 것 같다’ 고 한다.

‘같다’ 는 대여섯 가지의 뜻을 지니고 쓰인다. 똑 같거나 딴것이 아닐 경우, 불확실하거나 의심이 나는 경우와 가정을 의미하거나 비슷한 경우에 같다를 쓸 수 있는데, 우리들은 되나 안되나 가리지 않고 같다를 남용하고 있다.

말은 마음의 거울이다. 언어는 그 사회의 반영이다. 우리들이 같다말병에 걸려있는 까닭은 이 세상이 참된 세상이 아니고 거짓세상이기 때문일까. 모든 것이 의심스럽고 확실하지 않다. 아들이 아들 같고 어버이가 어버이 같다. 제자 같은 제자가 많고 스승 같은 스승이 있다. 정치가 같은 정치배가 판을 치고 지도자 같은 지도자조차 드물다. 모두 비슷하고 닮은 듯한데 똑 같지는 않다. 있는 것은 가짜뿐이고 진짜는 없다.

하늘은 구멍이 뚫린지 오래다. 강물은 고기의 안식처가 아니다. 공기조차 사서 마셔야 되는 판국이 되었다. 바야흐로, 삼라만상이 제 모습을 잃어 버렸다. 우리는 지금 하늘 같은 하늘을 이고, 물 같은 물을 들이키며,

산 같은 산을 보며, 공기 같은 바람을 마시며, 아파트 같은 집에서 살고 있는 것 같다. 같은 것 같은 세상이 되었다.

같은 것은 같은 것이지 진짜는 아니다.

매맞는 어른

'매맞는 아이'는 할 말이 없다. 저 잘 되라고 성화니 말이다. '매맞는 아내'가 있다. 아내와 아이 앞에서, 대장부의 위세를 부리는 남편을 칭찬할 수 없다. 할 일 없으면서 낮잠도 안 자고, 어떤 단체에서 조사한 바에 따르면, '매맞는 남편'도 꽤 있는 모양이다. 재미 있는 세상이다. 그러나, 바깥양반을 이겨먹는 안사람을 우러러 보는 사람은 많지 않을 것이다.

매맞는 아이가 있고 엄마가 있고 아빠가 있더니, 이제 '매맞는 어른'의 천하가 되었다. 울타리 안에서가 아니라, 오천만 국민이 주시하는 대명천지에, 어린이가 어른을 꾸짖고 볼기를 때리는 장면이 벌어진다.

TV에 가끔 끼어드는 공익광고에 아버지가 등장한다. 아빠는 수도꼭지를 잠그지 않는다. 방마다 전등을 켜 놓는다. 선풍기를 마냥 틀어 놓는다. 아들놈이 나서더니, 꼭지를 죄고 등을 끄고 바람을 멈추게 한다. 어른은 못된 일을 저지르고 아이는 착한 짓을 한다. 절약하는 생활태도를 일깨우는 광고의 악역은 어른이 도맡아서 한다.

어른을 꾸짖는 장면은 얼마든지 있다. 브라운관에 거리가 펼쳐지고 보도 위에 깡통 하나가 나동그라져 있다. 한 어르신네가 그걸 발로 찬다. 어떤

신사가 고걸 밟고 지나간다. 어떤 부인의 발부리에 채이기도 한다. 마침내, 미소년이 나타나더니, 깡통을 주워서 쓰레기통에 고이 넣던 것이다. 어른들의 공중도덕은 약에 쓸래도 없고 아이들은 벌써 모범시민이다. 어른들은 부끄러워서 고개를 들 수가 없다. 어른은 미운 짓만 하고 애들은 이쁜 짓만 골라서 한다.

오래 전 일이다. 대통령선거가 있는 날이었다. 고소하게 하루 쉬는 참이라, 어른은 아랫목에서 몸을 뒤척거리고 있는데, 우리 집 문짝이 부서지는 소리가 났다. 동네꼬마들 일소대가 몰려와 집 떠나게 외쳐댔다.

"투표하러 가세요, 선거날입니다."

조금 있으려니, 옆집에서 고함소리가 들리고 뒷집이 소란하고, 이내 온 동네방네 동학난리가 일어난 듯 생야단이었다. 나라의 상감을 뽑는 때에, 어른은 게으름을 피우고 어린이들이 나라걱정을 맡아서 하고 있는 판이었다. 어린이는 어른의 아버지라는 말은 우리 어린이를 두고 한 말이다.

아랫물은 맑아도 윗물은 흐리다.

제 얼굴에 침 뱉는 행위는 즐거운 일이 아니다. 제 나라에서 일어나는 아니꼬운 일을 죽고 살기로 탓하는 언행은 달가운 일이 아니고 칭찬받는 일도 아니다. 세상을 곱고 아름답게 보는 사람이 있는가 하면, 세상을 아니꼽고 추하게 보는 사람도 있다. 세상에서 일어나는 온갖 비행을 모른 척 담쌓고 사는 사람이 있고, 그걸 일일이 따지고 바른 세상으로 바꿔보겠다고 애쓰는 사람도 있다.

세 편의 수필은 음식물의 오염문제와 권위를 상실한 어른의 위신문제와 가짜가 판치는 허위시대의 문제를 다룬 풍자수필로 쓴 것인데, 너무 직설적이고 야유하고 꼬집는 대목이 많아서, 얌전한 수필의 품위에서 벗어난 듯하다.

흐르는 강물에 바위가 나타나면 거센 물결이 인다. 사회와 국가에 기가 막힐 일이 벌어지면 그 부정과 비정을 성토하고 고발하는 원성이 드높아진다. 그것을 탓하고 꼬집는 글이 풍자수필이다. 몽둥이 대신 철필을 쥐고 대상을 공격하고 파괴하려고만 들면, 글이 사납고 거칠어져서 풍자수필이 아니고 웅변원고가 된다. 그 발언 속에는 항상 따뜻한 사랑이 흐르고 있어야 하고 웃음 몽둥이를 가지고 인간사회를 정화하려는 도덕성이 깔려 있어야 풍자수필이라 하겠다. 고급한 풍자수필은 웃으면서 때리는 매질이다.

역사 이래, 모든 사람이 바라는 세상은 어떤 세상인가. 울음 세상이 아니고 웃음 세상이다. 풍자세계는 불행하고 해학세계는 행복하다. 풍자수필은 인류가 해학세계를 이룩하기 위한 작은 창작행위라 하겠다.

정인보

서정주

박종화

홍명희
(벽초문자)

천경자

김용준
(반야초당)

조윤제

유치환

백철

양주동

김태길

김남천

유자후

김소운
(무소득재)

유치진

이은상　　윤곤강　　조지훈　　구상　　마해송

이상로　　어효선　　이주홍　　이광수

이태준　　박목월　　김영수　　주요섭

'冊(책)'의 서주西周시대 금문金文 : 박원규 서

이태준『무서록』

김진섭『생활인의 철학』

김소운『건망허망』

정지용『문학독본』

박종화『청태집』

김용준『근원수필』

김동리『사색과 인생』

전숙희『탕자의 변』

이경희『산귀래』

천경자『여인소묘』

이병도『두계잡필』

백철『현대평론수필집』

이태준 『무서록』 (1941, 박문서관)

'책은 읽는 것인가? 보는 것인가? 어루만지는 것인가? 하면 다 되는 것이 책이다.' 상허尚虛 이태준李泰俊(1904~?)의 수필 「책」의 첫머리 글이다. 애서가만이 할 수 있는 선언이다. 우리 글을 보석처럼 갈고 닦은 문장가 상허는 문학을 사랑하듯이 서예와 미술을 좋아 하였다. 그가 소설을 쓰지 않았더라면 서화명인이 되었을 것이다. 그의 많은 책의 장정은 모두 고아하다. 상허 곁에 한국화가 근원近園 김용준金瑢俊(1904~1965)이 있다. 상허가 내는 문예지나 책의 장점은 대개 근원이 담당한다.『무서록無序錄』의 책 모양은 한 폭의 문인화다. 검은 제자題字에 검붉은 테를 두르고, 밑에는 수선화 두 뿌리와 노랗고 붉은 여섯 송이 꽃이 어우러져 있고 밑에 내려뜨린 낙관이 멋을 부린다. 근원은 저 유명한 『청록집』『지용시선』 등의 장정을 하기도 했다. 『무서록』은 상허의 단 한 권의 수필집이다. 질서가 없는 무서無序의 기록이 아니라, 57편의 산문이 모두 한국수필의 보배다. 어디 『무서록』 뿐이랴. 상허의 『문장강화』는 지금까지 글쓰기의 전범이 되었다. 북녘 땅에서 타계했으나 방대한 『이태준문학전집』도 간행되었다.

김진섭 『생활인의 철학』 (1954, 선문사)

명수필 「생활인의 철학」은 청천聽川 김진섭金晉燮(1903~?) 이 마지막으로 낸 수필집『생활인生活人의 철학哲學』에 실려 있다. '칸트를 읽지 않는 이유는 간단하다. 단 석 장도 읽을 수가 없다'는 대목이 나오고 '부녀자의 아름다운 음성에 경청하여 그 가운데서 생활철학을 발견하는 희열은 결코 적지 않다'는 유명한 발언도 있다. 청천은 근대수필 문학의 태두泰斗. 수필의 이론을 정립하고 실제로 본격적 작품을 보여 주었다. 청천수필을 빼놓고 한국수필문학을 논할 수 없다. 이 책의 단장을 맡은 석정石丁 안종원安鍾元(1874~1951)은 교육자이며 서화가書畵家. 양정학교 교장, 양정의숙養正義塾의 이사장을 역임하고 조선서화가협회 회장을 맡기도 하였다. 석정은 양정 출신 청천의 은사. 안 화백은 기꺼이 제자의 문집 겉장에 석류화 한 폭을 내려뜨렸다. 예서체로 책제를 쓰고 속표지에는 행서체로 멋을 부리고 낙관을 찍었다. 표지의 서화는 한 폭의 족자를 보는 듯 하다. 서양인은 상상도 못하는 동양 서책의 아름다움이다. 제자는 6·25의 전화속에서 북으로 가고, 그 다음 해 스승은 세상을 떠난다.

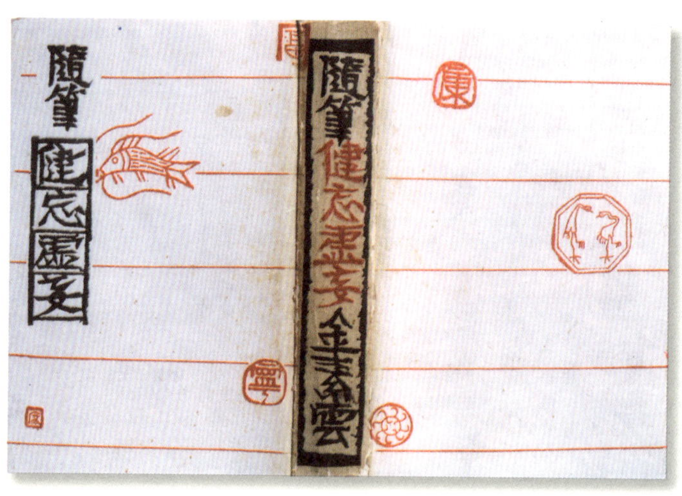

김소운 『**건망허망**』(1966, 남향문화사)

수필문학의 대가, 암울한 시대에 사라져가는 노래를 수집하여 『조선민요집』을 내고, 한국문학을 일본에 알린 번역가 김소운金素雲(1907~1981)은 미적 감성도 비범하였다. 필경筆耕 인생 회갑년에 앞서 낸 자선수필집 『건망허망健忘虛忘』은 한국산문의 정상에 있고 그 장정 또한 일품一品이라 할 만하다. 여기에 저 유명한 「목조통신」이 실려 있고, 「외투」 「문둥이 어머니」 「도마소리」도 들어 있다. 깨알 같은 활자로 400쪽을 채운 이 책은 커버를 두르고 상자에 담은 초호화 양장본이다. 저자의 높은 심미안이 아니면 장정을 석도륜(昔度輪, 1919~) 서백에게 맡기지 않았을 것이다. 석 화백은 서書·화畫·각刻·판화板畫 계에 일가를 이루고 선문禪門에도 정통한 철학자. 그의 구김 없고 생기 약동하는 아행아법我行我法의 서화미가 이 책에 한껏 나타나 있다. 돌에 새긴 글씨와 그림을 찍어서 책 상자와 커버를 장식하고 표지에는 낙랑고분 출토유물의 문양을 앉혔다. 안표지의 제자는 정기호鄭基浩(1899~1989) 서백이 쓰고 책 속의 네 폭 그림은 삽화가로 명성이 높은 김영주金榮注 화가가 담당하였다. 명문, 명장정의 『건망허망』은 한갓 책이 아니라, 읽고 보고 어루만지다가 주목으로 짠 문갑 위에 올려놓고 싶은 아담한 예술작품이다.

정지용 『문학독본』 (1948, 박문출판사)

홍학 한 쌍이 서로 외면하고 있다. 금슬이 안 좋거나 너무 좋은 듯하다. 겉장의 앞뒤 면에 홍도 복숭아를 세워 놓았다. 그 복숭아를 학의 두 날개가 받치고 있다. 책등에 한글로 저자 이름을 써놓은 것이 색다르다. 회청색 바탕에 붉은 색 그림과 선만으로 고졸한 분위기를 자아낸다. 홍도와 홍학은 장수만복을 상징한다. 많은 화가들이 책멋을 냈다. 한국책의 축복이다. 『문학독본文學讀本』의 장정화가 길진섭吉鎭燮(1907~1975)은 서양화가. 3·1 운동을 일으킨 33인의 한 분 길선주 목사의 아들. 20대에 선전鮮展에 입선하고 광복 후 서울대 교수가 됐다. 길 화백은 『육사시집』『장삼이사』 등을 장정하기도 하였다. 겉볼 안이다. 이 책은 대시인 정지용鄭芝溶(1903~?)의 첫 산문집이다. 수필·기행문·시론 등 61편의 글이 실려 있다. 시 뿐이랴, 지용의 산문도 탁월하다. '시는 지용, 산문은 상허'―30년대 문단의 유행어다. 이 책의 일곱 줄 짧은 머리말에 인구에 회자되는 한 줄 글이 있다. 지용은 '나도 산문을 쓰면 쓴다. 태준(상허)만치 쓰면 쓴다'고 호언장담했다. 책이 아름답고 우정도 아름답다. 충청도 옥천은 지용의 고향이고 지용시의 요람이다. 거기 동상이 있고 시비가 있고 해마다 지용문학제가 열린다.

박종화 『청태집』 (1942, 영창서관)

사극 『여인천하』가 방영되자 사천만 동포는 TV 앞에서 숨을 죽였다. 오래 전 『금삼의 피』를 영화로 만들었을 때, 극장 앞은 인산인해를 이뤘다. 모두 월탄月灘 박종화朴鍾和 (1901~1981)의 소설이다. 월탄은 원래는 시인, 비평문을 쓰고 수필도 많이 썼다. 불혹의 나이에 출간한 첫 산문집 『청태집靑苔集』에는 51편의 글이 실려있다. 「수선화」「봄의 행락」류의 서정문이 있고 나도향을 추모하는 글이 있는가 하면, 이태준의 『문장강화』를 읽은 독후감도 있다. 중후한 문체, 박학다식한 서술이 돋보인다. 월탄은 서예를 즐겼다. 그의 서미는 타고난 미감에서 창출한 월탄체라 하겠다. 자신의 많은 저서의 제호는 자필로 쓰고 친구나 후배의 책들도 제호를 써주었다. 이 책의 제자題字도 격조가 높은 행서체이고 낙관을 셋이나 찍어 멋을 부렸다. 장정화는 행인杏仁 이승만李承萬(1903~1975) 화백의 솜씨. 이 문집의 장정화는 월탄의 정원 풍경인듯 하다. 행인은 서양화를 익힌 해외파 화가였는데, 기자생활을 하면서 신문소설 삽화가로 필명을 떨쳤다. 월탄이 쓰는 신문연재소설의 삽화는 행인이 도맡고 책을 내면 장정화도 그렸다. 60년이 더 된 책이다. 『청태집』은 책 이름처럼 푸른 이끼가 끼어 오늘까지 아름다운 책으로 남아 있다.

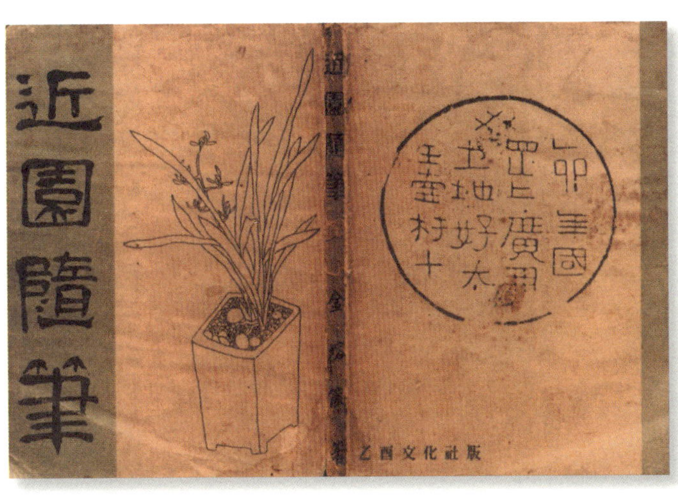

김용준 『근원수필』(1947, 을유문화사)

글 잘 쓰고 그림솜씨가 좋은 근원近園 김용준金瑢俊(1904~1967)이 자기 수필집을 꾸몄다면 어떤 책이 될까? 천하일품『근원수필近園隨筆』이 탄생하였다. 글은 30편, 수필 23편과 가벼운 예술론 7편, 170쪽이 안 되는 작은 책이다. 근원의 처음이자 마지막 수필집이었다. 종이 색을 빼면 제자를 쓴 녹색과 난분을 그린 짙은 회색 뿐이다. 뒷 표지는 고구려 호태왕의 능에서나 썼을 법한 그릇의 밑면 글씨로 장식하였다. 파격적 서체미, 필선으로 친 난초, 광개토왕비의 서체와 같은 둥근 바닥의 글씨 등이 어우러져, 옛스럽고 그윽한 한 폭의 고화를 보는 듯하다. 이렇듯 고졸한 장정은 매우 드물다. 근원은 이 땅에서 60년대까지 화가, 미술가, 미술사가, 수필가, 교육자, 도서장정가로 활동하였다.『근원수필』은 한국수필의 백미이고『조선미술대요』와『고구려고분 벽화연구』는 불후의 미술 논저라 하겠다. 몇년 전에 출간된 다섯 권의『근원 김용준 전집』은 김용준의 전인적 인문주의자의 거대한 노작이다. 100권의 책을 지은 작가의 이름이 1년이 못 가는 경우가 있다. 달랑 한 권을 지었는데, 백년도 더 남아 있는 책이 있다.『근원수필』은 아마 오래도록 우리 곁에 있을 것이다.

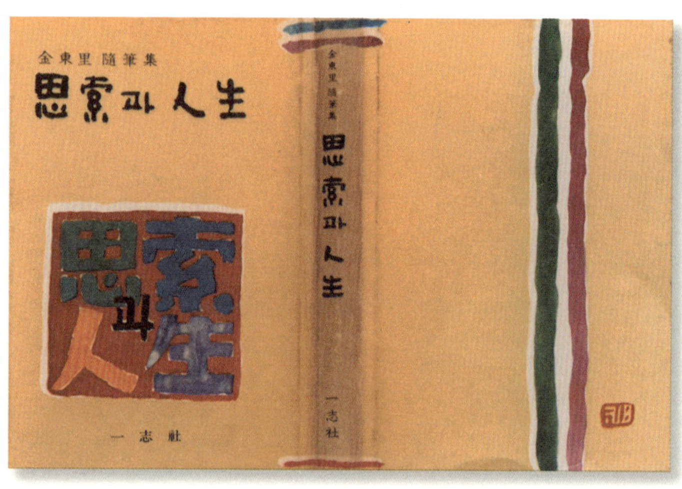

김동리 『사색과 인생』 (1973, 일지사)

김동리金東里(1913~1995)의 창작 영역은 넓다. 출간한 저작은 모든 장르를 망라한다. 광복 다음 해, 단편집 『무녀도』를 내고 문학평론집 『문학과 인간』(1948)을 출간하고 수필집 『자연과 인생』(1965)을 간행하고 시집도 낸다. 두 차례에 걸쳐 발행한 『김동리문학전집』이 있다. 화갑을 맞아서 그는 한껏 책사치를 부린 듯하다. 한꺼번에 호화롭게 단장한 세 권의 기념문집을 낸다. 시집 『바위』와 단편집 『까치소리』, 그리고 수필집 『사색思索과 인생人生』이다. 김동리는 소설로 못한 이야기와 시로 노래하지 못한 감정을 수필형식을 빌어서 서술한다. 저자의 수필 「수목송樹木頌」과 「만월滿月」 등이 『한국명수필』(1994)에 자리하고 있다. 그의 산문은 인생·자연·철학·교양·여성 등 미치지 않은 분야가 없다. 수필집의 장정은 당대의 대가 김기창金基昶(1913~2001)과 서희환徐喜煥(1934~1995)이 맡았다. 김 화백은 오색 찬란한 회갑잔치의 축제를 보여 준다. 적·백·록의 서광이 내려오고, 여러 색깔로 네모속에 제자題字를 아로새긴다. 이 책은 작가의 문학세계와 김 화백의 황홀한 색채와 서희환체의 고아한 서예미가 삼위일체가 되어 작품이 되었다. 세 분은 이미 고인, '사람은 가도 예술은 남는다' 는 말이 새삼스럽다.

전숙희 『탕자의 변』 (1954, 연구사)

땅에 내려진 나무에 공작새가 하늘을 향하고 앉아있다. 가지에 엉켜있는 넝쿨나무의 붉은 열매는 새의 화관과 닮았다. 매우 고아하고 미려한 이 표지는 수필집의 장정그림으로 천하일색이다. 예쁜 책처럼 글도 아름답다. 이 책의 장정화가는 알 길이 없다. 글 잘 쓰고 공작의 날개보다 우아한 전숙희田淑禧(1919~)가 처음으로 책을 낸다면, 내노라하는 화가, 서예가가 그려주고 써준다고 줄을 섰을 것이다. 저자는 장정을 따님에게 맡겼는데, 따님은 다시 그의 친구에게 의뢰하였다. 반세기가 흐른 오늘, 화가는 오리무중에 있다. 청백자의 도공이 어디 이름을 남겼던가. 책 모양새가 빼어난데, 저자의 발문이 또한 감동을 준다. '모래알만한 도움이나 기쁨도 되지 못하면서 항상 어버이를 향해 아픈 내 마음! 예술에 살고 예술에 죽겠다는 확고한 신념도 없이—그러면서 또 그 예술을 지향해 항상 초조하고 애타는 향수! 이것이야말로 나의 어쩔 수 없는 탕자의 생리인가 보다.' 겸손한 사람은 큰 사람이다. 전 여사는 탕자가 아니라 여장부이다. 20여 권의 수필집, 방대한 『전숙희문학전집』이 있고, 문예지 『동서문학』 발간, 펜클럽 회장 역임, 계원예고·계원예술대 창설, 동서문학관 개관 등 문단 뿐 아니라 국가사회에 지대한 업적을 남겼다.

이경희 『산귀래』 (1970. 석암사)

책의 앞뒤 겉장의 안쪽에 자리한 두 지면을 면지面紙라 한다. 면지의 한쪽은 표지 뒤에 붙어 있다. 표지와 아우르게 면지를 꾸민 책은 미려하고 우아하다. 대개 모조지나 색종이로 면지의 멋을 부린다. 여기 보인 면지처럼 짙붉은 색깔로 처리하는 경우는 드물다. 빨간 바탕에 붉은 머루송이와 검은 가지를 하얀 색으로 칠한 붓결의 품새가 범상치 않다. 자극적인 적색 배지는 저자의 인생과 예술에 대한 강렬한 의지의 표출인 듯하다. 이 그림은 수필집 『산귀래山歸來』의 저자 이경희李京姫(1932~)가 그렸다. 또 속표지도 그리고 글 가운데 그림을 그려넣기도 하였다. 저자는 왕년의 방송인으로, 약사이며 화가요 국어교과서에 실렸던 「현이의 연극」을 쓴 수필가다. 이 책의 표지(커버)화는 작가의 그림 선생 전상범 화백이 맡고 책제 '山歸來'는 저자의 부친 이호영이 썼다. 이 호화양장본의 전작 수필집을 펴낸 석암사는 저자가 경영하던 출판사다. 이렇듯 아름다운 사연이 많은 책은 희귀하다 하겠다. 저자는 위대한 예인 백남준白南準의 유치원 동창생. 연전에 감동적인 『백남준 이야기』를 출간하여 화제를 모은 바 있다.

천경자『**여인소묘**』(1955, 정음사)

글을 쓰는 화가는 많지 않다. 그림만큼 글을 잘 쓰는 화가는 매우 드물다. 화단의 원로 천경자千鏡子(1924~) 화백은 문단의 한 모서리를 차지하고 있다. "그림을 그리지 않았다면 목숨도 없었을 것이다. 화가가 되었기에 구원을 받았다"고 토로한 것처럼 그는 운명적인 환쟁이. 시대의 아픔과 인생의 괴로움을 현란한 꿈과 정한情恨이 서린 그림으로 표출하였다. 그 그림은 긴 글이고 그의 글은 아름다운 그림이다. 그는 자잘한 인간사를 담담한 문체로 쓴다. 한국 여성의 정한을 그린 그의 산문은 남도 가락의 한 대목을 들려준다. 글 욕심도 많아서 여러 권의 수필집, 화문집, 기행문집과 자서전을 냈는데, 『여인소묘女人素描』는 저자가 장정한 최초의 수필집이다. 키가 조금 큰 문고판, 33편의 소품이 실린 107쪽의 작은 책이다. 여기서 뽑은 세 편의 수필이 어문각판『신한국문학전집』(1975)에 실려 있다. 표지화는 액자에 넣어 걸어두고 싶은 작은 그림이다. 주묵색 바탕에 회청색 두 잎이 앞뒷면에 자리하고, 위에는 노란꽃 한 송이가 얹혀있고 밑에는 꽃잎이 흩어져 있다. 이 소박한 꽃잎이 장차 천 화백의 걸작 「환幻」과 「한恨」의 찬란한 슬픔의 꽃다발이 되고「길례 언니」의 모자를 장식한다.

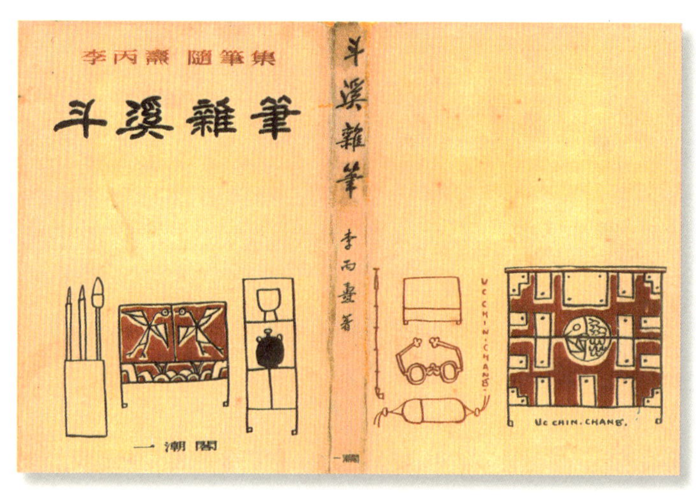

이병도 『두계잡필』 (1956, 일조각)

필통이 있고 백자와 청자가 놓인 삼층장이 있다. 주칠을 입힌 책장은 고아하고 담뱃대와 돋보기와 안경집이 있고 바둑판도 놓여 있다. 노란 종이에 검정색과 검붉은 색만을 써서 고절高絶한 선비의 품격을 보여준다. 퇴계退溪 선생의 사랑방이 아니라, 두계斗溪 이병도李丙燾(1896~1989) 박사의 첫 수필집『두계잡필斗溪雜筆』의 겉장 그림이다. 두계 선생은 한국사학의 태두泰斗.『국사대관國史大觀』을 비롯한 그의 방대한 저술은 사계에 지대한 업적을 이룩하였다. 알아주는 환쟁이가 대학자의 책을 멋을 부려서 꾸민다면 금상錦上에 첨화添花라 하겠다. 더구나 이 수필집의 표지화를 그린 장욱진張旭鎭(1917~1990) 화백은 두계의 사위다. 사위는 솜씨를 다하여 빙장어른의 책을 장정하였다. 사후에 더욱 명성이 높은 장 화백의 그림은 동심의 세계를 환기하는 생략적 기법과 정감이. 넘치는 색채가 자아내는 평면적 화풍으로 독창적 미술세계를 창출하였다. 이 화가가 많은 책표지를 그리고 문장 삽화를 그리기도 했는데 이는 한국책의 축복이 아닐 수 없다. 이 책은 두계의 아드님이 엮고 사위가 단장을 해서 부친의 회갑을 기념하여 봉정한 수필집이다. 이 수필집은 잡필이 아니라 평생 책 속에서 살다 간 대석학의 중후한 기념문집이다.

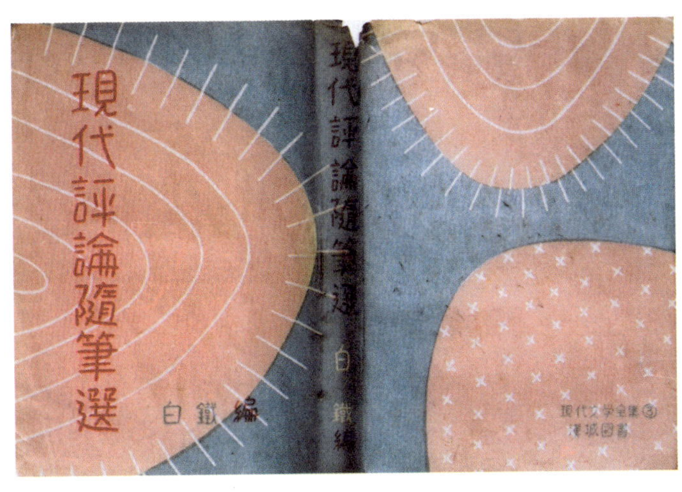

백철 편 『현대평론수필선』(1955, 한성도서주식회사)

제 나라의 문학전집을 가진 나라는 문화국가다. 조선일보사에서 『현대조선문학전집』(전 7권)을 간행한 때는 1930년대다. 이 시대를 한국근대문학의 정립시기로 보는 근거가 된다. 두 번째 전집은 광복 후 10년, 1955년에 한성도서주식회사에서 출간한 『현대문학전집』(전10권)이다. 3·1운동 다음 해에 여러 유지들이 세운 이 회사는 30여 년 동안 춘원의 『흙』을 비롯하여 많은 문학작품을 출간하고, 『현대조선장편소설전집』(1938)을 간행하기도 하였다. 『현대평론수필선現代評論隨筆選』은 『현대문학전집』의 세 번째 책이다. 당시 평단의 선두에 있던 백철白鐵(1908~1985)교수가 편집을 맡았다. 25편의 평론은 신문학운동 이후 문학사의 흐름을 보여주는 평문을 뽑고 31편의 수필 역시 명문을 골라 실었다. 장정은 순수작품 제작뿐 아니라 삽화가로, 장정가로 크게 활동하던 김훈金壎 화백이 담당하였다. 선과 채색만으로 꾸민 커버와 표지화는 기하학적 구도와 현대적 감각이 돋보인다. 멀리 보면 바다에 붉은 섬이 있다. 다시 보면 시인의 가슴에 뜨거운 피가 흐르고, 가까이 보면 많은 흰 선과 점들은 지문이고 나이테인 듯하다. 모두가 어우러져 황홀한 창작세계를 표출한다. 반세기 전의 전위적인 장정이라 하겠다.

한국수필의 표정

2007년 7월 30일 초판 1쇄 인쇄
2007년 8월 3일 초판 1쇄 발행

지은이_ 김진악
펴낸이_ 정종진
펴낸곳_ 지식더미

주 간_ 장현규
기획·편집_ 김선주 이정은 김수미
디자인_ 김재경 정희철
마케팅_ 김종렬 송은진
파는곳_ 도서출판 성림
서울시 서초구 방배본동 766-34 덕성빌딩 3층
전화 02-534-3074~5 / 팩스 02-534-3076
E-Mail. wisejongjin@yahoo.co.kr
Homepage. www.sunglimbook.com
등록일자_ 1989년 11월 21일
등록번호_ 2-911

ⓒ 김진악, 2007. Printed in Korea
ISBN 978-89-7124-080-9